## 空《う》洞《ろ》淵《ぶち》霧《きり》瑚《こ》

大学病院の漢方診療科で働く薬剤師。
現代医療における漢方のあり方に悩んでいたが、
ある日、白銀の髪の少女と出会い、「幽世」へと迷い込む。
そこで流行する「病」を前に、自分のできることを模索し始めるが……。
代々、漢方を家業としてきた一族の出身で、祖父や父も漢方家だった。

## 御巫《みかなぎ》綺《き》翠《すい》

幽世の巫女。怪異を祓う能力を有し、
同種の役割を担う人間の中でもその力は極めて強い。
一見、冷たい印象を与えるが、
感情表現が苦手なだけで、実は優しい心根の持ち主。
妹と二人で暮らしている。祖先は金糸雀とともに
「現世(現実世界)」と「幽世」の分離に関わった。

# 幽世《かくりよ》の薬剤師

PARALLEL UNIVERSE
CHEMIST

# プロローグ

大変なことになったな——と。

舗装されていない野路を足早に進みながら、空洞淵霧瑚《うろぶちきりこ》は他人事《ひとごと》のように思った。

ここは、〈幽世《かくりよ》〉と呼ばれる異世界。十日ほどまえ、空洞淵はこの人と怪異が共存する奇妙な世界に迷い込んでしまった。

それまで大学病院の漢方専門薬剤師として慎《つつ》ましく日々を生きていただけの彼にとっては、まさに青天の霹靂《へきれき》といえる出来事だった。

おまけに、今は〈幽世〉の地域医療を一手に担《にな》う薬師《くすし》として働く傍ら、街で起こっている怪事件を解き明かすべく歩みを進めているのだから——人生わからないものだ。

思わず苦笑して、思考を切り替える。

——〈吸血鬼症候群〉。

それが今、この〈幽世〉で大流行《パンデミック》している怪事件だ。

吸血鬼――今どき創作物の中でさえチープな〈怪異の王〉。現代社会で誰もが知るそんなおとぎ世界の怪物が、今〈幽世〉では、急激に数を増やしていた。

それも――吸血行為を介さずに。

はっきり言って常識的には考えられない状況なのだが、それが〈この世界〉の現実なのだから仕方がない。

さらにこれからそれを、現代医学と漢方知識によって紐解《ひもと》き、〈治療〉しようというのだから……まったく奇妙なことになったものだ、と運命の悪戯《いたずら》には苦笑するほかない。

〈怪異〉は、時に人の身に取り憑《つ》き、様々な苦痛を与える。空洞淵はそれを見過ごすことができなくて、この国唯一《ゆいいつ》の薬師となった。現代医学では対応が難しい〈怪異〉のもたらす諸症状も、原因の如何《いかん》に因《よ》らず、患者の状態から〈証《しょう》〉を判断する漢方ならば治療できるのでは、と考えたからだった。

視界の先に街が見えてきた。これから行おうとしている無茶を思うと緊張する。

「――空洞淵くん、どうかした？」

傍らを歩く紅白の巫女《みこ》装束に身を包んだ女性が、いつもの無表情で見つめていた。

無表情――いや、違うか。出会ってから数日、空洞淵はこの表情に乏しい女性が思いのほか感情豊かであることに気づいていた。ただ、それを表現することが苦手なだけ。

切れ長の双眸《そうぼう》が印象的な、目の覚めるような美女だ。姿勢が良くすらりと背が高いことからどこか近寄りがたい雰囲気を醸《かも》し出している。しかしその実、とても面倒見が良く、優しい人であることを空洞淵は知っていた。

だからきっと、今も空洞淵のことを心の底から心配していて――。

「大丈夫だよ。きっと全部、上手《うま》くいく」

「そう。ならいいの」

巫女装束の女性――御巫綺翠《みかなぎきすい》は、澄ましたように短くそう答えた。

空洞淵の組み立てた論理は完璧《かんぺき》だったが、果たして神秘が幅を利《き》かせるこの世界で、それがどの程度役に立つのか――。

不安ばかりが募るが、とにかく出たとこ勝負でできるだけのことをやるしかない。

少し周囲に喧噪《けんそう》が混じり始める。街はもうすぐだ。

一つ、深呼吸をして、覚悟を決める。

それから空洞淵は、あの運命の夜のことを思い出す。

月が綺麗で、静かな夜だった――。

# 第一章

# 幽世

# 1

遠くからセミの大合唱が響いていた。

空洞淵霧瑚《うろぶちきりこ》は、窓硝子《まどガラス》を通り抜けてくる直射日光を避けるように窓から距離を取って壁側の廊下を歩く。空間照度の高さに反比例するように、気持ちは暗い。

明るい病院、清潔な病院を標榜《ひょうぼう》するのは勝手だが、馬鹿《ばか》の一つ覚えで南に巨大な窓を設置するな、と空洞淵はいつも思う。特に夏場のこの廊下は、サウナさながらの高温になり、病院職員たちからは、〈灼熱《しゃくねつ》ロード〉などと揶揄《やゆ》され敬遠されている。もっとも、この先に用のある職員なんて元よりほとんどいないのだけれども。

ストレスのためか、愚痴っぽくなっている自分に辟易《へきえき》しつつ、彼はため息を吐《つ》いた。

週一の入院患者カンファレンスの帰りだった。

その中で、先日肝臓がんの手術を終えた患者の薬剤について方針変更を伝えられ、空洞淵はまたいつもの無力感に沈んでいる。

曰《いわ》く、血圧の上昇が認められたため服用中の漢方を中止するという。

薬剤師である彼に拒否権はないが、必要であるから服用していたわけで、一応職務上の責任感から再考を進言してみたものの、にべもなく却下された。

効果の曖昧《あいまい》な漢方薬が現代医療において冷遇されることは、臨床の現場に出て痛いほど理解していたが、それでもそんな場面に遭遇する度に、彼は失望を重ねていた。

大学を卒業し、病院に就職して四年。現実を知り、諦観《ていかん》を抱くには十分な年月だ。

とぼとぼと歩みを進め、空洞淵は長い廊下の最奥《さいおう》、漢方診療科の診察室へと戻る。

「やあ、お帰り。空洞淵くん」

好々爺《こうこうや》然とした、恰幅《かっぷく》の良い初老の男性に迎えられる。ただ今戻りました、と空洞淵は返す。

「その様子だとまただいぶキツめにやられたみたいだね」男性は他人事《ひとごと》のように苦笑する。「まあ、じきに慣れるよ」

「慣れたくないので、小宮山《こみやま》先生がカンファ出てくださいよ」

「ははっ、これも勉強だよ」

初老の男性――小宮山は、快活に笑ってから、コーヒーメーカーをセットした。この頃は、空洞淵がカンファレンスから戻ってきたら熱いコーヒーともらい物のお菓子を出してくれるのが定番の流れになりつつあった。子ども扱いされているようで複雑な心境ではあったが、疲れ果てた今は脳が糖分とコーヒーを欲しているので、黙って小宮山のもてなしを受け入れる。

コーヒーが入るまでの間に、空洞淵はカンファレンスの内容を伝える。

「なるほど、木村さんの十全大補《じゅうぜんだいほ》が中止ね。了解です」

「随分あっさり受け入れますね」空洞淵は少し突っかかってしまう。「漢方診療科の医師として抗議しなくて良いんですか？」

「僕は担当医じゃないからねえ。まあ、抗議できないこともないけど、あまり上に目を付けられたくもないし、ここは黙って引き下がるのが大人ってもんだよ」

「でも……！」

思わず声を荒らげてしまうが、空洞淵はすぐに冷静さを取り戻して続ける。

「……それが本当に患者のためになるとは思えません。がん手術後の十全大補湯は、体力回復、抗がん剤副作用軽減の観点からも重要なものですし、そのエビデンスも十分なはず。それを一方的に打ち切るというのは、やはり納得できません」

「血圧上昇の原因だと考えたんだろうね」

「十全一日量の甘草《かんぞう》なんて極微量でしょう。血中カリウム濃度も正常値ですし、偽アルドステロン症の可能性は低いです」

「まあ、落ち着きなさい」

窘《なだ》めるようにそう言って、小宮山は空洞淵に熱々のコーヒーが満たされたカップを差し出した。大人しく受け取り、安物ソファに腰を下ろす。

テーブルに置かれた今日のお菓子は、小さな水ようかんだった。小宮山の好物だったはず。空洞淵は、漢方診療科に配属されて初めて、コーヒーと水ようかんが意外と合うということを知った。

漢方診療科は、漢方医の小宮山と薬剤師の空洞淵二人だけの科だ。通常、診療科に薬剤師が直接配属されることはないが、生薬の刻み調剤も行う都合上、やむなく調剤部の空洞淵が一人だけ出向する形になっている。

ただし、経営改革のあおりを受け、昔は栄えていた漢方診療科も今は病院の隅へと追いやられてしまい、現状、飼い殺しのような扱いを受けているのだった。薬も大量消費のこの時代、オーダーメイドに近い漢方は金にならないのである。

半ばふて腐れるように空洞淵は水ようかんを口に放り込み、コーヒーで流し込む。

そんな空洞淵をどこか穏やかな目で眺めながら、小宮山は言った。

「でも実際、十全大補湯の添付文書には血圧上昇の副作用が記載されてるね。なら、担当医の判断は決して間違ってはいないことになる」

「……間違っていないことが必ずしも正しいとは限らないでしょう。大体、漢方の添付文書なんてまともに書かれていません。甘草配合処方には、馬鹿の一つ覚えで偽アルドステロン症による血圧上昇と記載されているだけです。配合量などは一切考慮されていない。実際、十全単剤での偽アルドステロン症なんて聞いたことないです」

「僕もないねえ。でも、そもそも三種類以上の薬物相互作用は、現代医学をもってしても正確には判断できないとされている。だから漢方に現代医学的な正確性と定量性を求めたら医薬品としては使用できないことになってしまう。それをいくつかの特徴的な副作用の羅列だけで事務的に許可を出してくれてるんだから、そこはむしろ良しとしないと」

「薬物相互作用のことを盾にするなら、医師は三種類以上の医薬品を同時に処方できないことになりますけどね。でも、現実には公然とそれが行われています。それは経験的に、致命的な副作用が起こることはない、とわかっているからです。なら、もう少し漢方を評価して良いはずですけど」

「確かに、現代人が信奉する医学的エビデンスの本質は経験則に過ぎない。そういう意味では、二千年以上の長い歴史を持つ漢方は言わば究極の経験則とも呼べるだろうね。漢方の歴史を、現代人が軽視しすぎているのも認めよう。でもそれは、法治国家の在り方として当然のものだとまずは自覚すべきだよ。ただの経験則を医療として認めてしまったら、民間療法や呪い《まじな》も医療行為になる。そして医療の定義が曖昧になって不幸になるのは、残念ながらいつだって無辜《むこ》の民だ。安心かつ確実であることが保証されている、それが現代医療の第一条件さ。漢方は、その境界にあるものだからね。現代社会で割を食うのは仕方ないことさ」

論すようにそう言って、小宮山は口を湿らせるようにコーヒーを啜《すす》る。

「――少し話が逸《そ》れたけど、とにかく添付文書に書かれていることは〈絶対〉だ。それ以外に医師が薬剤の効能効果を判断する術《すべ》はないからね。医師は、法律に基づいて医療を行っている。その医師が法的根拠の依《よ》り代《しろ》たる添付文書から薬剤の使用、不使用を判断しているのだから、法的には絶対的に正しい行いということになる」

「理屈はわかります。実際、漢方は難しいです。現代医療的な扱い方をすれば、必ず歪《ひず》みが生じることも理解しています。でも、だからこそ、添付文書以上の判断が必要な際に、その手助けをすべく僕ら漢方の専門家がいるのでしょう? それなのに判断を求められることすらない。そんな現状に不満を抱くことはおかしいでしょうか?」

「いや、きみの意見は極めて正しいと思うよ」再び小宮山はコーヒーを一口啜り、息を漏らす。「ただしそれはあくまで理想論だ。現実にはもっと様々な思惑があり、社会は混沌《こんとん》としている。人を病の苦しみから救うことを至上目的としている医療分野でさえ、例外ではない。むしろ医療分野は巨大市場だからね、金にまつわる思惑がないほうが不自然さ。僕らは医療人であるまえに社会人だ。上手《うま》いこと立ち回って歯車を演じないとすぐ疲弊しちゃうよ。特にきみみたいな真面目《まじめ》な人はね」

小宮山は、不意にどこか懐《なつ》かしげに目を細める。

「……そういえば、空洞淵先生も今と同じようなことをおっしゃっていたよ」

「祖父が？」

空洞淵先生、というのは空洞淵霧瑚のことではなく、その祖父、空洞淵道玄《どうげん》のことだ。

小宮山にとっては漢方の兄弟子に当たる。

「空洞淵先生も近代医療の在り方にずっと悩んでおられてね。よく医療と経済は分けるべきだとおっしゃっていたよ」

「……ああ、あの人なら言いそうですね」

空洞淵は苦笑する。彼にとっての祖父はただの偏屈じいさんだが、小宮山にとっては尊敬すべき先輩なのだろう。

空洞淵の家系は、『伽藍堂《がらんどう》』という屋号で江戸時代から漢方を家業としてきた一族だ。代々、その知識を受け継ぐことになっているのだが、空洞淵の父は彼が幼い頃に亡《な》くなってしまったので、空洞淵は漢方のいろはを道玄から教わった。そして祖父の死後、弟子だった小宮山が気を遣って、空洞淵を漢方診療科に誘ってくれた。そのため、空洞淵は今もこうして漢方の仕事に携われているわけだ。そういう意味でも、小宮山には感謝しているし、密《ひそ》かに第二の師匠とも思っている。

ただ非常に頑固で決して信念を曲げようとしなかった道玄と、妙に世渡り上手な小宮山とでは、本質的な思想の部分で決定的な差があり、そのギャップがまた空洞淵にもどかしさを抱かせている原因にもなっている。

どちらが正しいとかそういうことではなく——心の在り方として。

生前、道玄はよく言っていた。医者に見放された人が最後に行き着くのが、宗教か漢方だ。だから漢方家は、絶対に患者を裏切ってはならない、と。

その教えを守りここまでやって来たつもりだったが……最近はそれも怪しい。

本当に祖父の墓前で胸を張れるような漢方家になっているのだろうか。

現代医療という名状しがたい巨大な何かに呑《の》まれて、本質を見失ってはいないだろうか。何より、信じてきたその教えは本当に今の世の中で正しいことなのだろうか。

空洞淵には——それがわからなくなっていた。

「まあ、でも——」

そこで小宮山は水ようかんを一口で食べると、また穏やかに微笑《ほほえ》んだ。

「自分なりの落とし所を見つけるのは、なかなか時間が掛かるものだよ。逆に時間を掛けて見つけ出さなきゃ嘘《うそ》だとさえ言える。空洞淵先生がずっときみのことを気にしておられたから、僕も気になっちゃってね。きみをカンファに出させているのも、なるべく多くの意見に触れさせるためだ。迷惑とは思うけど、僕なりの老婆心《ろうばしん》、というやつさ」

「それは……感謝しています」

「眉間《みけん》に皺《しわ》が寄っているよ」

「これは元々です」

「ならそういうことにしておこうか」小宮山は苦笑して腰を上げる。「いずれにせよ、実地にまさる経験などないよ。きみはまだまだ経験不足だ。たくさんの人と関わり、異なる考えを見聞きして、それを糧《かて》に自分なりの結論を見出《みいだ》しなさい。——さあ、休憩は終わりだ。仕事に戻ろうか」

上手い具合に言いくるめられてしまった気もするが、元より反論するつもりもない。胸に湧《わ》き上がったモヤモヤを、空洞淵はコーヒーで一気に身体《からだ》の奥底へ流し込んだ。いつもよりコーヒーが苦く感じた。

## 2

雑務に追われながらも定時には仕事を上がることができた。大体漢方診療科はいつも定時に終わる。残業常連である他の調剤部の薬剤師たちからは羨《うらや》ましがられるが、そもそも仕事が少ないから早く上がれるだけであり、空洞淵としては不満のほうが大きい。

空洞淵はワーカーホリックであり、趣味のない人間だ。

酒も煙草《たばこ》もやらず、おまけに恋人もいない。

同居する家族もいないため、家へ帰っても一人きりで特にやることがないのである。ならばせめて仕事でもしていたほうが生産的だと思うのだが……ままならないものだ。

病院を出て、一つため息を吐いてから、空洞淵はふと空を仰ぐ。

時節は八月上旬。まだ十分日も長いはずなのに、五時過ぎにしてはやたらと薄暗い。昼間の快晴が嘘のように、厚い雲が立ちこめていた。遠くの空から、雷鳴が轟《とどろ》く。

まさに誰《た》そ彼時という言葉がぴったりな印象だ。少し不気味ですらある。

おまけに日中十分に温められた地面からの輻射熱《ふくしゃねつ》が湿気を伴い、不快なほどねっとりと身体に纏《まと》わりついてくる。夕立でも来るのだろうか。ますます気が滅入《めい》る。

何だか自分の心象を表したような空だ、と空洞淵は自虐《じぎゃく》的に笑い、それから足早に帰路に就く。

空洞淵の住むマンションは病院から徒歩二十分ほどのところ、やや住宅街の外れに位置している。都内でも比較的緑が豊かな地域で、晴れた日などはあちこちに家族連れが溢《あふ》れる賑《にぎ》やかな町になるが、こういう陽気では閑散としてどこか寒々しささえ覚える。

文明に毒された現代人特有の、自然に対する畏怖《いふ》というものか。

自分の卑小さを思い知らされるようで何とも居心地が悪い。

そんなことを思っていたとき。

空洞淵はふと足を止めた。

自宅への近道としていつも利用している自然公園の遊歩道。道沿いには、点々と街灯が設置されている。

その心許《こころもと》なく照らされた一筋の光の下に——彼女は立っていた。

視線が釘付《くぎづ》けになる。

それは驚くほど可愛《かわい》らしい、少女だった。

ゴシックロリータ、というのだろうか。至るところにフリルがふんだんにあしらわれた、ドレスのような豪奢《ごうしゃ》な服を纏っている。明度はゼロ。つまり黒一色だ。この上なく地味な色合いに反する派手なデザインが、どこか見る者に不安な心持ちを抱かせる。

漆黒の衣の上には、ぼんやりと。水面《みなも》に漂う月のように、白い顔が浮かんでいた。人形を彷彿《ほうふつ》とさせる、作りものめいた白磁の肌。相貌《そうぼう》を彩《いろど》る大きな碧羅《へきら》の瞳《ひとみ》と、小さな淡紅《うすべに》の唇。高く通った鼻梁《びりょう》が彫りの深さを際立《きわだ》たせており、どうにも日本人離れして見える。外国の人だろうか。

すでに十分、真夏の日本の自然公園の散歩道に佇《たたず》む人材としては異質だが、何よりも彼女の異質さを際立たせているのがその白銀《しろがね》の髪だった。

肩で切り揃《そろ》えられたストレートのボブヘアは、この薄暗闇《くらやみ》の中にあってなおも、月光のように淡く輝いている。プラチナブロンドと呼ぶのだったか。極めて珍しい艶《つや》やかで美しい髪が、彼女の存在感を異様なほど高めている。

異様――そう、異様なのだ。

まるで現実離れしている。

一度見たら決して忘れないほど印象的であるはずなのに、数秒後には曖昧模糊《もこ》とした記憶しか残っていない、そんな不思議な感覚。

たとえるなら、そう。白昼夢でも見ているような――。

「――〝幽世《かくりよ》の薬師《くすし》〟様、お迎えに上がりました」

不意に幼さをはらんだ、鈴を転がしたように可愛らしい声が響く。

白銀の少女は、翠《みどり》の眼でジッと空洞淵を見つめている。

当然だが、空洞淵にはこの少女との面識はない。記憶力は良いほうなので、今日この瞬間初めて会ったと心の底から断言できる。

「……あの、すみません。どなたかと勘違いしていると思います」

常ならぬ空気に尻込《しりご》みしそうになるが、それでも空洞淵は親切心からそう告げる。

しかし少女は取り合わず、それどころか妙に妖艶《ようえん》な笑みを浮かべて空洞淵に向かって手を差し伸べる。

「あなたをお連れしましょう。生きるも死ぬも己次第……忌《い》み嫌われこの世から排斥された鬼たちの住まう国へ――」

ちろりと覗《のぞ》く赤い舌が、非人間的な容貌の中に『生』の鮮烈な印象を与える。空洞淵は無意識に寒気を覚える。

それは本能的な恐怖だった。昔、山道で巨大な蛇に遭遇したときのことを思い出す。

目の前に佇んでいるのは、一見して愛らしい少女だ。それなのにまるで、人ならざるモノと対峙《たいじ》しているような錯覚をしてしまう。

肌がチリチリとして、胃の奥がきゅう、と締めつけられる。浅い呼吸を繰り返したためか、喉《のど》が張り付いて満足に唾《つば》も飲み込めない。

自分の身体に起こっている異常をどこか冷静に分析しながらも、空洞淵は言い知れぬ命の危機を自覚して、無意識に後退しようとする。しかし——何故《なぜ》かその足は、地面に縫い止められてしまったように上手く動かない。

遠くの空でまた雷鳴が轟いた。

いつの間にか、白銀の少女は空洞淵のすぐ目の前に立っていた。近くで見ると、より少女の尋常ならざる美しさに言葉を失う。

少女は、小首を傾《かし》げながら艶然として空洞淵の右眼に手を伸ばす。

反射的に目を閉じる。

しかし、すぐに得体の知れない相手を前にして視線を切ったことを後悔する。状況を確認するためにも慌《あわ》てて目を開こうとするが、その瞬間——。

——ぐるりと。

世界が反転した。

### 3

脳みそがでんぐり返しをしたような不快感に襲われ、空洞淵は慌てて膝《ひざ》を突いた。膝を打つコンクリートの硬さを覚悟して身構えるが、しかし肝心の衝撃はふんわりとした、柔らかい土のものだった。

先ほどまで舗装された遊歩道に立っていたはずなのに何故——？

奇妙な違和感に眉を顰《ひそ》めながらも、空洞淵は双眸《そうぼう》を開く。

「…………は？」

思わず惚《ほう》けた声を漏らす。

視界の開けた先は、見慣れた自然公園ではなく——見たこともない森の中だった。

人によって管理された穏やかな植物が広がる自然公園ではなく、何十年、何百年とこの地を圧倒的な力によって支配してきたような、本物の森。

意識を失った感覚はなかったが、あの白銀の少女に何か薬でも投与されて眠っている間にこの森の中へ移動させられ放置されたのだろうか。

非現実的な仮説だったが、現状をそれ以外では理解できそうもないのだから仕方がない。

とりあえず、スマホを取り出してみる。表示されている時刻は先ほどからそう変わっていなさそうだが、あまり信用はできない。とにかく現在地を確認するために地図アプリを開こうとするが、圏外のため使用できなかった。肝心のGPS信号も受信できていないようだ。

「……参ったな」

使い物にならない文明の利器の電源を落として再びしまい込む。

それから改めて、周囲を観察してみる。

月明かりだけを唯一《ゆいいつ》の光源として、どこか荘厳《そうごん》な雰囲気を醸《かも》しながら鬱蒼《うっそう》と木々が広がっている。自分がどこから来たのか、そしてこれからどこへ向かえば良いのか何一つとして判断ができない。

おそらく状態としては完全な遭難と言えるだろう。

おまけに夏の暑さをまるで感じさせないほど周囲の空気は寒々しく、半袖《はんそで》の空洞淵にはかなり堪《こた》える。

だが、それよりも何より——。

「…………？」

この森は、どこかおかしい。

上手く言葉で言い表せないが、何とも言えない違和感を抱いてしまう。

違和感の正体を探り、そしてようやくそれに気づく。

この森は——静かすぎる。

普通、真夏の夜の森と言ったら虫たちの大合唱があって然《しか》るべきであるにもかかわらず、恐ろしいまでに周囲は静まり返っている。

空気が張り詰めているというか、まるで虫たちが怯《おび》え、息を殺しているような……。

そこまで考えたところで、突如背中につららを差し込まれたような鋭い悪寒《おかん》が全身を駆け巡り、空洞淵は半ば反射的に地面を蹴《け》って転がった。

すぐに体勢を立て直して状況を確認する。

すると、先ほどまで空洞淵が立っていた場所に、奇妙な人影があった。

——顔の上半分を面で覆《おお》い隠した、着物の人物。

おおよそ夜の森に現れる存在としては不適なその人物は、両手を地面に突いた姿勢からゆっくりと立ち上がり空洞淵を見据える。

面は、額の左右に二本の角のようなものが見えることから鬼をモチーフとしていることが窺《うかが》える。髪は白く、体型から女性と察せられた。

不意に、白髪の鬼が空洞淵に襲い掛かってくる。

慌てて逃げようとするが、すぐ地面に組み伏されてしまった。非力で体力もないことを自覚している空洞淵ではあるが、それにしても白髪の鬼は、小柄な女性とは思えないほど力が強く俊敏だった。

まるで本当に——人間ではないかのように。

仰向けに組み伏され、いわゆる馬乗りの状態にされた空洞淵は、藻掻《もが》くこともできず、ただ惚けたように天を仰ぐ。

妙に明るい満月が、冷然と空洞淵を見下ろしていた。

「人間……男……？」

白髪の鬼は、面の下の口を歪《ゆが》ませてニィ、と笑う。

やたら鋭い犬歯が月明かりに煌《きら》めいた。

唾液《だえき》を零《こぼ》しながら、鬼は空洞淵の首元に顔を寄せる。

首筋に生暖かい湿った感覚が走り、空洞淵は総毛立つ。皮膚の上から頸《けい》動脈を舐《な》められているらしい。まるで獲物への期待に胸を躍らせるような、あるいはただ目の前の弱い獲物をいたぶるような、強者の仕草。その恐ろしくも甘美な刺激に、死を目前にした根源的な恐怖感が麻痺《まひ》してくる。

何が何だかよくわからないけれども、この圧倒的な存在にならば命を奪われても仕方がないと。

そんな諦観に身を任せようとした次の瞬間――。

「破ッ！」

凛《りん》とした声とともに一筋の閃光《せんこう》が目の前を通りすぎ、それと同時に白髪の鬼は、空洞淵の上から飛び退《すさ》る。まるで突然の攻撃を回避する猫のように俊敏な動作だった。

急に拘束を解かれて戸惑いながらも、空洞淵は白髪の鬼へと視線を向ける。

鬼は、もう空洞淵のことなど見ていなかった。ただ威嚇《いかく》するように牙《きば》を剝《む》きながら、両手を地面に着けた低姿勢の状態で木々に阻《はば》まれた暗闇のほうをジッと見つめている。

先ほどの閃光、何かが飛んできたのだろうか。

体勢を立て直しながら、空洞淵はそんなことを思う。

しばらくそのまま低く唸《うな》るように声を漏らしていた鬼だったが、やがて一足飛びで森の中へと消えていってしまった。

よくわからないけれども……どうやら空洞淵は無事に生き存《なが》えたらしい。

いつの間にか、静かだった森に虫の音が戻り始めていた。

ひとまず胸をなで下ろしたところで、不意に届く涼やかな声。

「――良かった。無事だったみたいね」

空洞淵は慌てて視線を向ける。

深い闇の中から現れたのは、白い装束に燃えるような緋袴《ひばかま》を合わせた髪の長い女性。目の覚めるような——美女だった。

赤と白。ビビッドな色彩のコントラストに、空洞淵は思わず息を呑む。巫女《みこ》装束、というのだろうか。新年の神社でよく見掛ける格好だ。

ただただ戸惑う空洞淵に、女性は気安げに声を掛けながら歩み寄ってくる。

「でも、日が暮れてから一人で森へ入るなんて自殺行為よ。何かに食べられたって、文句は言えないのだから」

「それ、は……」

気がついたらここにいた空洞淵としては、申し開きの一つもしたいところだったが、自分でも何が起こったのかよくわかっていない以上、上手い言い訳も思いつかない。

というか何より現在進行形でも、理解は追いついていない。

いったい何故自分は、こんなどこともわからない森の中で、巫女装束の女性に話しかけられているのか。

そもそも、この女性が空洞淵に害を為《な》さない存在なのかどうかも不明だ。何気なく近づき、隙を突いて襲い掛かってくる可能性だってゼロではない。

警戒を緩めずに、空洞淵は女性をよく観察する。

一見して女性は、すらりとしていて背が高い。空洞淵と同じくらいだろうか。姿勢が良いのか、ただ立っているだけでも、この心許ない月明かりの下でなお圧倒的な存在感を放っている。近づいてくるにつれ、目鼻立ちの整った女性であることがより明確になるが、しかし切れ長の双眸が、どこか近寄りがたい冷徹な印象を与えていた。

年の頃は、十代後半から二十代前半くらいだろうか。空洞淵よりも若いことは間違いないが、正直女性の年齢当てにはまったく自信が持てない。

そして、そんな巫女装束のうら若き美女が突然夜の森に現れたことも驚きだが、何よりも奇妙なことに、その女性は右手に鞘《さや》から抜いた状態の刀を携えていた。白鞘のやや小ぶりな日本刀——小太刀と呼ばれる代物だ。どう贔屓目《ひいきめ》に見ても、銃刀法違反だが……助けられた手前、余計な指摘もしづらい。

いずれにせよ、目の前の存在が明らかに尋常ならざるものであることは間違いない。

いつの間にか空洞淵のすぐ目の前までやってきた女性は、周囲を見渡して安全を確認したのか、パチン、と白鞘に刀身を納めた。

それから改めて空洞淵の姿を上から下まで眺め、驚いたように少しだけ目を見開く。

「あなた——まさか〈現世人《うつしよびと》〉なの？」

「現世人？」

聞き慣れない言葉に空洞淵は眉を顰めるが、それよりもまずは状況確認が先決と思い無理矢理話題を変える。

「いえ、あの、すみません。教えていただきたいのですが、ここはいったいどこなのでしょう？　信じてもらえないかもしれませんが、実は僕は気がついたらここに連れて来られていて……」

「――連れて来られた？　誰に？」

「えっと……知らない女の子に、です」

「――いい歳《とし》した大人の男が？」

「それは……はい」

冷静に考えると、情けなさ過ぎて恥ずかしい。

閉口する空洞淵だったが、それ以上追及してくることもなく、女性はため息を一つ吐いて、

「まあ、そういう事情なら仕方ないわ。たまにね、居るのよ。あなたのようにここへ辿《たど》り着いてしまう不幸な人が」

女性は一呼吸おき、それから空洞淵をジッと見つめて言った。

「ここは――〈幽世〉。現世で排斥された存在が流れ着く、理想郷。あなたにもわかりやすく言うと、この世とあの世の狭間という感じかしら」

「……はあ」

そう言われてもピンと来ない。元より死後の世界などまるで信じていなかったのだから仕方がない。だが、女性が空洞淵を騙《だま》すために嘘を言っているとも思えず、一旦《いったん》理解は保留にして話を進める。

「それであの、どうやったら帰れるのでしょうか？」

「さあ……知らないわ」無表情で女性は答えた。「あなたをここへ連れてきた誰かさんを探し出して、元の世界へ帰してくれるようお願いするしかないわね。野垂れ死にしない程度に頑張りなさい。まあ、でも彼女ならあるいは……いえ、何でもないわ。通りすがりの、赤の他人のあなたを紹介する義理もないしね」

どこか面倒くさそうに言ってから、値踏みするように空洞淵を上から下まで眺めた。

しかし、その途中、不意に何かに気がついたように眉を顰めた。

「――待って。あなた、やっぱりどこかで会ったことない？　それにその〈気配〉……」

女性は空洞淵の返事も待たずにずかずかと歩み寄り、無遠慮に彼の顔に両手を添えると、至近距離からジッと顔を覗き込んできた。

「あなた、もしかして右眼が……？」

「……っ」

意表を突かれて、思わずドキリとする。

それは美女に至近距離から見つめられたから——などという色気のある理由からではなく、もっと本質的な驚きによるものだった。これまで一度たりとも、誰かに指摘されたことなどなかったのに——。

「……名前を聞いても良いかしら？」

間近で、囁《ささや》くように尋ねてくる女性。半ば自動的に空洞淵は答える。

「空洞淵、霧瑚」

その言葉で、女性は何かに得心がいったように一度目を閉じた。

「——空洞淵。そう、あなたが……」

まるで百年ぶりの旧友とでも会うかのように、万感の思いを込めて女性は呟く。

そして躊躇《ためら》った様子を見せながらも、女性は意を決したように告げる。

「——あなたはたぶん、偶然この〈幽世〉に連れ込まれたのではなく、きっと招かれたのね。詳しい事情は私にもよくわからないけれども……とりあえず、まずは関係者のところへ案内するわ。話は彼女から聞いて」

一方的にそう言ってから、巫女装束の女性は空洞淵の手を引いて歩き出した。当然、空洞淵に意思確認などは行われていないが、元より、状況もよく理解できていない空洞淵には、ただ目の前の女性を信じてついていく以外の選択肢がなかったので、特に文句もない。

だが、それでもどうしても気になったことがあるので、空洞淵は尋ねてみる。

「あの」

「なに？」

振り返ることもなく歩みを進めながら、手短に応答する女性。腹芸のようなものは得意ではないので、空洞淵は単刀直入に訊《き》く。

「もし良かったら、きみの名前も教えてもらえないかな」

すると女性はピタリと足を止めて振り返った。

「――ごめんなさい。つい失念していたわ。私は、御巫綺翠《みかなぎきすい》。見てのとおり、この〈幽世〉で巫女のようなことをしているの。よろしくね、空洞淵くん」

口元をわずかに綻《ほころ》ばせる巫女装束の女性――綺翠。初めて見たそのささやかな笑みは、峻厳《しゅんげん》な山嶽《さんがく》に咲く一輪の花のように、気高く、そして美しかった。

*4*

綺翠に連れられ辿り着いたのは、大きな平屋のお屋敷だった。

鬱蒼と木々の生い茂る森の中にふと現れた妙に開けた土地。そこにひっそりと佇むこのお屋敷が、どうやら目的地らしい。

「ここが〈国生みの賢者〉の邸宅――〈大鵠庵《だいこくあん》〉よ」

由緒《ゆいしょ》のありそうな瓦葺《かわらぶ》きの日本家屋だ。立派な石垣に囲まれているため詳細は窺えないが、現代ならば、どこぞの大地主か、お大臣か、あるいは任俠《にんきょう》の親分が住んでいそうな邸宅だ。普段、あまり物事に動じない空洞淵も少し身構えてしまう。

そして、重厚で荘厳な門の前には、これまた珍妙な格好をした少女が立っていた。

「――御巫様、空洞淵様。お待ちしておりました」

まだ名乗ってもいないのに、小柄な少女は丁寧に頭を下げる。

「お二方が来られるのを、御屋形様は予《あらかじ》めすべて見通しておられました。わたくしは御屋形様の侍女を務めております紅葉《もみじ》と申します。何とぞよろしくお願い申し上げます」

ゆっくりと頭を上げ、背筋をピンと伸ばして佇むその少女――紅葉は、昔の外国の使用人のような格好をしていた。流行に疎《うと》い空洞淵でも、それが昨今〈メイド服〉としてもてはやされている服飾であることはわかる。侍女ということであれば、この森の中の立派な邸宅の前でメイド服を着ていてもそれほど不思議ではないはずだ。

ただしその髪色が、目も眩《くら》むような深紅であることから、きっとこの少女もただ者ではないのだろうな、という諦観にも似た感慨を抱いてしまうのだけれども。

こちらへ、と空洞淵の心境などおかまいなしという様子で、紅葉は空洞淵たちを屋敷の中へ誘《いざな》う。少し不安になり、小声で綺翠に声を掛ける。

「あの、御巫さん」

「――綺翠で良いわ」ちらりと横目で空洞淵を見てから、すぐに視線を戻す。「敬語も不要よ。それとも私、あなたより年上に見える？」

「……見えないけど」

「ちなみに私は二十歳だけど、あなたは？」

「……二十八歳」

「――思ったより上なのね。もう少し若いと思ったけど……まあ、良いわ。私はあなたを〈空洞淵くん〉と呼ぶから、そちらも遠慮しないで」

実年齢よりも若く見られるのには慣れている。きっと年相応の貫禄のようなものが欠落しているのだろう。

仕方なく空洞淵は、細かいことは気にしないようにして、話を進める。

「これからその〈賢者〉とやらに会うのかい？」

「ええ。この〈幽世〉の顔役みたいなものね。でも、別に取って食ったりはしないから そんなに緊張しなくても大丈夫よ」

「でも、こんな時間に急にお邪魔してご迷惑じゃないかな」

「それこそ気にしなくて良いわ。どうせ全部お見通しなのだし。むしろこの場で空洞淵くんのほうから、聞きたいことを色々聞くと良いわ。私の説明だけじゃ、不足でしょう？」

確かに先ほどの、この世とあの世の狭間、という説明ではあまり納得感がない。

その〈賢者〉とやらがどんな人物なのかはわからないが、顔役というくらいなのだからきっとそこそこ話は通じる人なのだろう。ならば、空洞淵の置かれている状況にも一定の説明をつけてくれるはず――。空洞淵はそんな微《かす》かな期待を抱く。

玄関を上がり、紅葉の手燭《てしょく》の明かりだけを頼りに廊下を進んでいくと、不意に少女は足を止めた。

ひときわ立派な襖《ふすま》が構えられた一室の前。どうやらここが最終目的地らしい。

お邪魔するわ、と一切の遠慮を見せずに綺翠は襖に手を掛け開け放つ。慌てて空洞淵もその背中に続く。

襖の向こうは、宴会場のような大広間だった。


その最奥に――この世の者とは思えない美しい少女が、艶然と微笑み、座っていた。

まず目に飛び込んでくるのは、圧倒的な金色《こんじき》。

その正体は、薄暗い室内においてなおも、輝きを失わない山吹色の髪。柔らかくうねりながら、畳の上にまで広がるそれは、上質な絹織物よりもさらに光沢に富んでおり、行灯《あんどん》のささやかな光量を倍増させるように指向性の強い反射を行っている。

黄金色の奔流に慣れてくると、ようやく少女の全体像に意識が向く。

身に纏っているのは、髪色よりもさらに派手な着物だった。色彩豊かで、花鳥風月を想起させる意匠が施された豪奢な上着と、その下には幾重にも着物を重ね着している。確か十二単《じゅうにひとえ》というのだったか。ボリューム感がすごく、小柄な少女の存在感を割り増ししていた。

続けて面立ちへ目を向けて――空洞淵は小さく息を呑んだ。

作りものめいた色白の肌。高く通った鼻梁。そして、サファイアのようにどこまでも深く青い双眸――。その日本人離れした容貌が、つい小一時間ほどまえに出会った白銀の少女ととてもよく似ていた。

よく似ていて――しかし、対極の要素で構成されていた。

漆黒のドレスと、色彩豊かな着物。

短い銀髪と、長い金髪。

翠の瞳と、蒼《あお》の瞳。

まるで、同じものから生まれ、途中で分かたれたような――そんな存在だった。

唯一の違いは。そして決定的な違いは。

目の前の少女の額に燦然と輝く第三の瞳だった。

「――ようこそおいでくださいました。主《あるじ》さま」

あの世とこの世の境界に位置するかのような、あまりにも危うすぎる美しさを持った金色の少女は、得も言われぬ甘い声でそう言った。

「わたくしは、金糸雀《カナリヤ》。この〈幽世〉で賢者の真似事《まねごと》をしております」

「――――」

空洞淵は息を吞む。

この〈幽世〉とやらに連れて来られて以来、彼の常識から外れたものを色々と見せられてきたが――この金糸雀と名乗る少女は、そんなささやかな空洞淵の認知すら、軽々と超越していた。

目の前の存在に比べたら、鬼の面を被った女性に襲われたことも、夜の森にふらりと現れた抜き身の小太刀を携えた巫女装束の女性も、驚くほど常識的な存在と言えよう。

いったい、この少女は何者なのか――。

考えすぎて、逆に思考停止のような状態になってしまっている空洞淵に、金糸雀は穏やかに微笑みかける。

「まずはこちらにお掛けくださいな」

彼女の前には二枚の座布団《ざぶとん》が並べられていた。そのうちの一つに、綺翠は遠慮を見せることなく座る。

どうしたものかと考え倦《あぐ》ねるが、結局空洞淵も大人しく言われるままに腰を下ろす。

いつの間にか音もなく現れた紅葉が、二人の前にお茶とお茶菓子を置いて、また音もなく去って行く。それを見届けてから、金糸雀は口を開いた。

「さて……改めまして、主さま。突然このような状況に陥り、さぞ混乱しておられることと存じます。まずは簡単にこの国のお話からさせて頂きましょう」

金糸雀は、どこか視線を遠くへ向けて続ける。

「ここは〈幽世〉と呼ばれる空間――。あるいは、〈異世界〉とでも表現するのがわかりやすいでしょうか。主さまがこれまで住んでいらした世界とは、空間的に隔てられたまったく異なる世界になります。このあたりのお話は、綺翠のほうからすでになされているかと思いますが」

空洞淵はちらりと横目で綺翠を窺う。彼女は素知らぬ顔でお茶を啜っている。

仕方なく空洞淵は頷《うなず》いて同意を示す。

「しかし、この説明は完全ではありません。より正確に表現するのであれば、二つの世界は、位相がわずかにずれただけの隣り合った世界、ということになります。そのため、通常は空間的には隔てられているものの、ときおり何かの拍子に物質や人が行き来してしまうことがあるのです」

「……なるほど」

これまで自分が暮らしてきた世界の隣に、まったく異なる世界が存在した、という情報は、理系である空洞淵にはにわかに信じがたいものではあったが、すぐ目の前に空洞淵の世界にはおそらくいないであろう三ツ目の少女が実在している以上、受け入れるしかなさそうだった。

「つまり僕は、その『何かの拍子』でこちらの世界に紛れ込んでしまったわけですね」

「ご理解が早くて大変助かります」金糸雀は穏やかに微笑むが、急に真面目な顔で空洞淵を見据えた。「しかし、主さまの場合に限っては、少々事情が異なりまして……。主さまが〈幽世〉へやって来てしまったのは、偶然ではなくある種の必然によるものなのです」

「必然？」

「……はい。実は、主さまを〈幽世〉へ招いたのは、わたくしの愚妹——月詠《つくよみ》なのでございます。この度は、不肖の妹が大変なご迷惑をお掛けいたしました。謹んでお詫《わ》び申し上げます」

金色の少女は、畳に手を突いて深々と頭を下げた。空洞淵は慌ててそれを止める。

「頭を上げてください。それより、もう少し詳しく説明していただけますか？　御令妹が何をなさったのです？」

「――月詠には、空洞淵くんの世界と〈幽世〉を自由に行き来する力があるのよ」

これまで我関せずとばかりに沈黙を貫いていた綺翠が急に口を開いた。

「さっき、金糸雀のことを〈国生みの賢者〉って言ったでしょう？　あれはそのままの意味で、この〈幽世〉は、空洞淵くんの世界から金糸雀が生み出したものなの。より正確に言うなら、金糸雀と私のご先祖様が、空洞淵くんの世界から〈幽世〉を切り離した。金糸雀や私にはそういった特別な力があって、金糸雀と血を分けた月詠も似たような力を持っている、というわけ。で、その力を使って色々と騒ぎを起こすから、〈白銀の愚者〉なんて呼ばれてるわ」

「……なるほど」

少し理解が厳しくなってきたが、そういうこともあるのだろうな、と空洞淵は早くも状況を鷹揚《おうよう》に受け入れ始める。

やはり先ほど、目の前の金色の少女と、あのとき出会った白銀の少女の印象が似ていると感じたのは気のせいではなかったのだ。血縁者ならばさもありなん。

「それで、その御令妹はいったい何故、僕をこの〈幽世〉に？」

「それは――わかりません」金糸雀は申し訳なさそうに目を伏せる。「あの子とはもう何年も会っていないのです。行方知れずとでも言いましょうか。現在は、銀《しろがね》月詠と名乗り、何やらこの〈幽世〉であれこれ悪さをしているようなのですが……。あの子が絡《から》んだ事象は、わたくしにも上手く観測できないのでございます」

「……？」

どこか違和感のある言い回し。空洞淵が理解できていないことを察したのか、金糸雀はまた穏やかな笑みを浮かべて続ける。

「――順を追って説明いたします。まずは……そう。先ほどから気になっておられることと思いますので、わたくしのお話からさせていただきましょう。ご覧のとおり、わたくしは人間ではございません。主さまの世界で言うところの、妖怪、物《もの》の怪《け》の類《たぐい》でございます。〈八百比丘尼《やおびくに》〉という言葉をお聞きになられたことはございませんか？」

――八百比丘尼。あまり馴染みのない言葉だが、子どもの頃、祖父にとある伝承を語り聞かされた気がする。

確か、人魚の肉を食べて不老不死を得た女性の話だったはずだが……まさか。

「はい。わたくしがその〈八百比丘尼〉にございます。齢《よわい》は八百を超えておりますが」

「――――」

あくまでも落ち着いた様子で告げる金糸雀だったが、空洞淵は驚きで言葉を呑む。

目の前のどう見ても十代にしか見えない少女が、実は八百年以上も生きていると言われてもさすがにピンとは来ないし、何より八百比丘尼に第三の眼がある、などという話は聞いたことがなかったから。

「そしてこの額の眼は――」金糸雀はそっと額に手を添えた。「故《ゆえ》あって、後天的に獲得したものでございます。この〈第三の眼〉のおかげで、わたくしは神懸かり的な力を授かりました。それによって、この〈幽世〉を生み出したのです」

確か、仏教において、額の眼は、〈悟り〉の状態を意味しており、第三の眼が開眼した者は、より高位の意識との接続を可能とすると、そんな話を聞いたことがある。

「それは……所謂《いわゆる》、〈千里眼〉的な力でしょうか？」

「そうですね。そう捉《とら》えていただいて問題ないかと存じます。それゆえに、わたくしはこの〈幽世〉で発生した事象を、この〈大鵠庵〉に居たまま知覚することができるのです。ところが、血の繋《つな》がりがそれを邪魔するのか、月詠の行動だけは、わたくしにも知覚できないのです。彼女が関わっただけの事象も含めて――」

なるほど。だから、〈千里眼〉をもってしても、空洞淵が〈幽世〉に連れて来られた理由まではわからない、ということか。

「ちなみに、現状二つの世界を意識的に行き来できるのは、月詠だけよ。つまり、月詠を見つけ出さない限り、空洞淵くんは元の世界へ帰ることが叶《かな》わないということ。気の毒だとは思うけど……しばらくは、〈幽世〉で暮らす覚悟を決めてもらわないとね」

綺翠の感情の籠《こ》もらない一言が駄目押しとなる。どうにかして元の世界へ戻れないものかと期待していたが、どうにもそれは難しいらしい。せめて上司である小宮山にはしばらく仕事を休む旨《むね》を伝えたかったが……こうなってしまっては仕方がない。まあ、漢方診療科は、基本的に暇な窓際部署だし、空洞淵一人いなくてもそれほど問題にはならないだろうけれども。

「愚妹の悪事の責任は、すべてわたくしが負います。主さまには、可能な限りこの〈幽世〉での生活に不便がないよう、取り計らわせていただきますので、何とぞご容赦くださいませ」

「それは……助かります」

金色の少女へ、空洞淵は素直に礼を述べる。電気ガス水道の完備された生活から、途端に旧時代の生活様式に放り込まれてもそうすぐには対応できないのである。

「では、続けてこの〈幽世〉で暮らす上で、知っておいていただきたいことについてお話しさせていただきます」

金糸雀はまた穏やかに語り始める。

「すでにお気づきかとも存じますが……この〈幽世〉には、わたくしのような所謂、妖怪や物の怪と呼ばれる類の存在が人と共に生活しております。またそれと同時に人の中にも、綺翠のように異能の力を持つものがいます。〈幽世〉は元々、〈現世〉におけるそういったはみ出し者を、隔離・保護するために作られた世界なのです」

ちらりと横目に綺翠を窺うが、彼女は素知らぬ顔で茶菓子を食べているだけだった。

「もちろん、様々な理由により住む場所を追われ、行き場所を失った普通の人間の方やその子孫も大勢暮らしております。むしろ、普通の人間が大多数です。本来、何かの拍子に〈こちら〉へ紛れ込むのはそういった方々なのです。そしてここからが重要なので、よくお聞きいただきたいのですが——この〈幽世〉には、〈現世〉には存在しない一つの〈ルール〉が存在します。それが——〈認知の改変〉です」

「認知の……改変？」

「はい。〈幽世〉では、人々の認識が現実を書き換えることがあるのです」

「…………？」

言わんとしていることがわからず、空洞淵は困惑する。

「少しわかりにくいので、ここからはたとえ話を交えてお話しさせていただきますが……主さまは〈吸血鬼〉という怪異をご存じですか？」

「それは……まあ、もちろん」

空洞淵は曖昧に頷く。吸血鬼なんて、今どき子どもでも知っている。おそらく、世界でもっとも有名な怪異であろう。

曰く——不死の王と。

夜な夜なうら若き少女の生き血を啜る恐ろしい怪物。

強大な力を持ち、おまけに神出鬼没。コウモリに変身し空を飛ぶこともできるという。

　そして吸血鬼に嚙《か》まれたものは、自身もまた吸血鬼となり人を襲うようになる。

　人間のことを食糧程度にしか考えておらず、それゆえに人類の仇敵《きゅうてき》とも評される存在であるのだが、反面、銀の弾丸、日光、十字架、聖水、にんにくが苦手といった弱点も多い。おそらく伝説上の強大な怪物を恐れた人々が、時代時代で、少しずつ弱点を増やしていったのだろう。

「今、主さまは、頭の中に吸血鬼に関するいくつかの特徴を列挙されたことと思います。そしてそれは、大多数の人の〈吸血鬼像〉とも一致するはず。つまり、遍在した認知ということです」

「遍在した認知——要するに一般的な認識、ということですよね？　それが何か？」

「では……あるところに、日光が苦手で、人の血液を啜ることに快感を覚える特殊な趣味の持ち主がいたとしましょう。さて、この方は、人間でしょうか？　それとも吸血鬼でしょうか？」

「それは人間でしょう」空洞淵は即答する。「吸血鬼というのは、あくまで伝説上の存在です。たとえどれだけ吸血鬼と似た特徴を持っていたとしても、その人を吸血鬼と呼んでしまうのは、あまりにも乱暴です」

「そうですね。それが〈現世〉における常識であり、真実です」少女は首肯する。「ところが、この〈幽世〉は違います。あるところに、とても吸血鬼的な特徴を備えた方がいらっしゃり、やがて周囲の人々の間でこんな噂《うわさ》が立ち始めたとしましょう。『あの人はもしかしたら吸血鬼なのではないか』と。この時点ではまだ吸血鬼的な特徴を備えた方はあくまでも人間なのですが、次第に噂が広まっていき、それを認知する人数がある特定の閾値《いきち》を超えた瞬間、この方は本当に吸血鬼になってしまうのです」

「――つまり、人々の認知が現実を書き換えた、と?」

「そのとおりでございます」金糸雀はニッコリと笑った。「このたとえ話の場合では、日光が苦手で吸血趣味があっただけの人が、本人の意思にかかわらず、周囲の認識によって無理矢理、本物の吸血鬼にさせられてしまい、本来持っていなかったはずの十字架やにんにくが苦手といった、吸血鬼の特徴を付与されてしまうのです」

現代医学的な解釈を無理矢理するのであれば、プラセボ効果、ノセボ効果が近いのだろうか。どちらも思い込み――つまり個人の認知によって発生する生理作用で、プラスに働くものをプラセボ、マイナスに働くものをノセボと呼んでいる。

これらは本来、あくまで個人的な認知作用なのだが、「あの薬にはこんな副作用がある」などといった外的な情報によって、ノセボ効果が伝播《でんぱ》していくことがあると言われている。そのせいで極めて効果の高い薬でもなかなか人々に受け入れられない、といった問題が発生する。

人々の認知が身体へ及ぼす作用は、現代医療知識を持つ者であればなおさら、無視できないことを知っている。

ただしもちろん、それを考慮した上でも、金糸雀の言葉はにわかに信じがたいのだが。

「しかし、どうしてそんな訳のわからないことが起きるんですか？」

「それはね、元来あらゆる怪異が人間の認知によって引き起こされるからよ」

いい加減、長話に退屈したように綺翠が割って入る。

「恐怖心、好奇心、あるいは見間違え――そういった偏《かたよ》った認知の集合が、古今東西に存在する怪異の正体なの。よく言うでしょう？　幽霊の正体見たり枯れ尾花って。何の変哲もない枯れ尾花も、歪んだ認知によっては怪異になってしまう。そういったささやかな認知が積み重なって、やがて現実そのものが書き換わる。それが空洞淵くんの世界で怪異と呼ばれていたものよ」

「……つまり、怪異は人間の想像力が生み出したものだと？」

「さすがは主さま。理解が早くていらっしゃいます」金糸雀は楽しげに微笑んだ。「たとえば、吸血鬼などがその最たるもので、元々はペスト大流行の時代、遺体が動いたり、腐敗により膨らんだりしたことが、不死伝説の始まりとされています。やがて様々な尾ひれがつき、創作物などの影響もあり、現在の〈吸血鬼像〉ができあがりました。そして、最初はただの噂話に過ぎなかった吸血鬼が、やがて認知の伝播によって、現実世界に顕現させられました。これが吸血鬼誕生の真相です」

「ま、待ってください。ということは、吸血鬼は、元々実在したのですか？」

常識が覆《くつがえ》されそうになり空洞淵は慌てるが、金糸雀はまったく動じることなく頷いた。

「はい。あくまでも、認知が先行した形で、ですけれども。わたくしのような不老長寿の〈八百比丘尼〉が実在するのです。吸血鬼が実在してもおかしなことではございませんでしょう？」

目の前の圧倒的な具体例を引き合いに出されてしまうと、ぐうの音も出ない。

「ただしこの場合は、人間が怪異に変貌するのではなく、無から怪異そのものが発生します。わたくしや、愚妹もある日突然、自然発生いたしました。このように、元から怪異として生まれた存在を〈根源怪異〉と呼びます。対して、人々の認知によって人の属性が書き換えられることで発生する怪異を〈感染怪異〉と呼び、そうなってしまった方を〈鬼人《おにびと》〉と呼びます。もちろん、主さまが過ごしていらっしゃった今の〈現世〉には、〈根源怪異〉などもはや一人も残っておりません。わたくしが〈現世〉から〈幽世〉を切り離す際、すべての〈根源怪異〉をこちらの世界へ隔離いたしましたので」

「――――」

どうにも先ほどからずっと理解を超越しているが、それでも空洞淵は何とか柔軟に情報を受け入れていく。

「……怪異が、人々の認知から生み出される、というのはわかりました。しかし、今のお話ですと、金糸雀さんのように無から怪異が発生する場合と、認知によって現実が書き換えられて、ある日突然、人が怪異になってしまう場合との違いがよくわからなかったのですが」

「簡単に言ってしまうと――」

再び綺翠が口を開く。

「〈現世〉で発生したのが〈根源怪異〉、〈幽世〉で発生するのが〈感染怪異〉よ。〈現世〉で〈感染怪異〉は発生しないし、また〈幽世〉で〈根源怪異〉が新たに発生することもない。そういう理解で問題ないわ」

それだけ言うと、また澄ましてお茶を啜り始める。

言動は、如何にも世の中のすべてに興味がないように見受けられるが、しっかりと説明をしてくれるあたり、この巫女は意外と面倒見が良いのかもしれない。

「……少々乱暴ですが、概《おおむ》ね綺翠の言ったとおりでございます」金糸雀はわずかに苦笑する。「補足するとすれば、元々怪異の発生には〈伝奇ミーム〉と呼ばれる不可視の情報因子が関与しているのですが、〈幽世〉を作る際、すべての〈伝奇ミーム〉を他の怪異と共にこちらの世界に隔離したために、〈幽世〉にはこのような難儀なルールが発生してしまったわけです。〈現世〉と比較してこの〈幽世〉は小さな世界ですので、〈伝奇ミーム〉の密度が非常に濃いのです。だから本来は起こりえない、少しの認知で人の持つ性質が書き換えられる、ということが起きてしまうのです」

ミーム、というのは、社会学上でよく問題になる複製可能な情報因子のことだった気がする。生物の情報を伝達する遺伝子に対して、文化の情報を伝達、複製、進化させる因子として考え出されたものであり、模倣子などとも呼ばれるのだとか。

「……なるほど。ではもし、その〈鬼人〉になってしまったらどうすれば良いのですか？　その場合、一生人ならざるものとして過ごしていかなければならないのですか？」

「大丈夫よ。そのために私がいるのだもの」

かすかな笑みを浮かべる綺翠。金糸雀は少し困ったように頬に手を添えて小首を傾げた。

「……申し訳ありません、主さま。この子は昔から言葉が足りなくて……。そのようなことは万に一つもあり得ないかと存じますが、それでも億に一つの確率で、主さまが〈鬼人〉となってしまったとしてもそれほどお気になさらず。この〈幽世〉には、綺翠を始めとした、〈怪異を祓《はら》う者〉が数名存在しています。彼女たちは皆、〈感染怪異〉を祓い、人へ戻す術を持っておりますので、何かございましたらお気軽にご相談くださいませ」

そこで金糸雀は、背筋を伸ばして改めて空洞淵を見やった。

「――以上でわたくしからのお話を終えさせていただきたいと思いますが、何か質問などはございますか？」

「…………」

急に、質問と言われても。

空洞淵は今聞かされた話を頭の中で整理することで精一杯だ。

頭の中のホワイトボードへ簡潔に情報をまとめていく。

**・ここは現実と隣り合った異世界。**
**・怪異と呼ばれる、人ならざる存在と人が共存している。**
**・怪異は大まかに分けて、生まれながらにして怪異である〈根源怪異〉と、噂など人々の認知によって人が怪異に変貌してしまった〈感染怪異〉の二種類が存在する。**
**・〈感染怪異〉は、綺翠ら特殊能力保持者によって祓うことが可能。**

ざっとこんなところか。

今一度情報を整理して――ふと気になることを思い出した。

「では、僕が〈幽世〉に来たとき襲ってきた〈白髪の鬼〉も、何かの〈感染怪異〉だったのでしょうか?」

「さようでございます」金糸雀は神妙に頷いた。「そして主さまを襲った〈白髪の鬼〉こそが、昨今巷《ちまた》を騒がせている吸血鬼の――」

「金糸雀」

金色の賢者の言葉を遮るように、また綺翠が割って入った。まるで空洞淵に余計な話を聞かせないための牽制《けんせい》のようなタイミング。わずかな違和感を覚える空洞淵に、綺翠は淡々と告げる。

「空洞淵くんが気にすることではないわ。それにこれからは私があなたを守るから、もう安心して」

「……そう?」

よくわからないが、気にするなと言われたらそうするほかない。何か事情があるのかもしれないし、あまり深入りするのも良くないだろう。

一旦、疑問を保留にして、最後にどうしても気になっていたことを尋ねる。

「これまでお話を伺ってどうしても一つだけわからないことがあるのですけれども」

「なんでございましょうか、主さま?」

「その『主さま』っていうのは、いったい何なのです?」

出会ったときからずっと気になっていた言葉。

話を聞いていれば何かわかるのかもしれないと思い聞き流してきたが、どうにもそういうこともなさそうだ。

少なくとも空洞淵には、この八百比丘尼の少女の主になった覚えはない。

「ああ、これは失礼いたしました」金糸雀は、どこか照れたように微笑む。「主さまが、かつてわたくしが心を捧《ささ》げたお方にとてもよく似ていらしたものでつい……。もし主さまさえよろしければ、今後もこの呼び方をさせていただきたいのですが……如何《いかが》でしょうか？」

一瞬返答に詰まる。正直に言うと落ち着かないのでやめてほしいのだが、希《こいねが》うような金色の少女の双眸を前にして、あまり突き放したことも言いづらい。

ため息を一つ零した後、空洞淵は頷いた。

「……わかりました。ご自由にどうぞ」

「ありがとうございます、主さま！」

まるで年頃の少女のように頰を上気させてから、彼女は咳払《せきばら》いをして居ずまいを正す。

「では、この機会にもう一つ。どうかわたくしのことは、『金糸雀』と呼び捨てにしてくださいませ。敬語も不要です」

先ほど綺翠にも同じことを言われたが、空洞淵のこれまでの人生で女性と親密な関係になったことがないために、どうにも距離感が摑《つか》めない。少しずつ慣らしていくしかないのだろうけれども……。

「わかり――いや、わかったよ、金糸雀。今後ともよろしくね」

「はい、こちらこそよろしくお願い申し上げます」

身を乗り出して、空洞淵の手を握る金糸雀。思いのほか小さなその手は、ひんやりと冷たかった。

「――じゃあ、挨拶《あいさつ》も終わったのなら、そろそろお暇《いとま》するわ」

空洞淵たちのことを気に掛けるふうでもなく、あくまでもマイペースに言って綺翠は立ち上がる。

「お暇するって……どこへ行くんだい？」

「どこって、うちに帰るのよ。というか、あなたも来るのよ、空洞淵くん」

「え、僕も？」

空洞淵は目を丸くする。今の話の流れから言って、てっきりしばらくこの賢者の家にお世話になるものだとばかり思っていたから。

「だって、〈幽世〉で暮らすなら、街に近いほうが都合が良いでしょう。それにこの〈大鵠庵〉は、普通の人間が住むには少し〈気〉が強すぎる。あなたは〈気配〉が特殊なだけで、身体のほうは普通の人間と変わりないんだから。まあ、金糸雀みたいな美少女とどうしても一緒に暮らしたい、というなら止めはしないけど、あまりお勧めはしないわ」

何だか良くわからないが、人の身には過ぎた場所であるらしい。大人しく空洞淵も立ち上がる。

空洞淵の決断を見越していたように、金糸雀はまた穏やかに微笑んだ。

「それでは、主さま。大変心苦しくはございますが、どうかしばらくはこの〈はみ出し者の楽園〉にて、ささやかな余暇をお楽しみくださいませ。何か困ったことがございましたら、いつでもお声掛けください」

## 5

鬱蒼とした森を抜けた先には、驚くほど賑やかな町並みが広がっていた。

これまでずっと薄暗く陰気な印象のものばかりを目にしてきたので、急に活気溢れる文明が現れて空洞淵は驚く。

「ここが〈幽世〉最大の集落――〈極楽街〉よ」

賢者の住まう〈大鵠庵〉を辞してから、三十分ほど歩いただろうか。いい加減疲労もピークに達しつつあったので、この活気は精神的にも救いだった。革靴ではこのあたりが限界なのである。

目抜き通りと思《おぼ》しき広めの道には、無数の提灯《ちょうちん》が吊《つる》されており、立ち並ぶ飲食店の数々を明るく照らしている。どの店もたくさんの人で満たされ、四方から笑い声が漏れ聞こえてくる。まるで祭りのような賑やかさに、空洞淵も思わず口元を緩めてしまう。

「良い街じゃないか」

「そう？　ありがとう」綺翠は素っ気ない。

「今日は何か特別な日なのかい？」

「いいえ、何もない平日よ。最近は多少人出が少ないけれども、大体夕方からいつもこんな調子だわ。少し騒がしすぎると思うけど」

「良いじゃないか、これくらい賑やかなほうが」

空洞淵自身は、あまり賑やかなところが得意ではないのだが、この街の無邪気な賑わいは不思議と心地良く思えた。特に色々あって不安も覚えていたので、この脳天気さには正直救われる。

「街のほうは明日詳しく案内してあげる。おなかも空《す》いたし、今日はもうさっさと帰りましょう」

そそくさと歩みを進める綺翠。空洞淵は置いていかれないよう、その真《ま》っ直《す》ぐに伸びた綺麗な背中を追う。

目抜き通りを抜け、次第に喧噪《けんそう》が収まってきた辺りで立派な石段が現れた。石段の上方には、月明かりに照らされた鳥居が見える。

「ここが御巫神社よ。裏手が住居になってるの。ついてきて」

石段を上り始める巫女の背中を追いながら空洞淵は尋ねる。

「お参りとかはしなくて良いのかい？」

「大丈夫よ、気にしないで」綺翠は気安げに手を振る。「うちの神様は大らかで格式張ったことが嫌いなの。それに今は宮司もいないし、正直形だけの神社だから、緊張しなくて大丈夫よ」

宮司がいない神社などあり得るのだろうか。

「……じゃあ、きみ一人で切り盛りしてるのかい？」

「いえ、妹と二人暮らしよ」綺翠は淡々と答える。「しばらくあなたはここに住むことになるけれども、妹が可愛いからって手を出しては駄目よ」

「……あ、僕、ここに住むんだ」

それもまた初めて聞かされる情報である。金色の賢者が言うように、どうにもこの巫女は言葉が足りないようだ。しかし、右も左もわからない現状、自分の世話をしてくれるという申し出は大変ありがたいものなので、空洞淵は大人しくその厚意を受け入れる。

それにしても――。空洞淵は傍らを歩く巫女を覗き見る。横顔もまた恐ろしいほどに整っている。これまであまり女性に縁のない生活をしていただけに、いきなりこんな美人と一つ屋根の下で暮らさなければならないという事実に不安を覚える。

まつげの長さに見とれていると、不意に綺翠がこちらを向いて首を傾げた。

「どうかした？」

「な、何でもないよ」

慌てて目を逸らす。まさか綺麗な横顔に見とれていたなどとは言えない。

ラストスパートにしては少々堪える長い石段を上り終え、鳥居を潜《くぐ》るとようやく境内に入った。参道を逸れ、すたすたと歩いて行く綺翠に、空洞淵は肩で息をしながらも何とか付いていく。日頃の運動不足を痛感する。

しばらく明かりのない境内を進むと、やがて古めかしい平屋の日本家屋が現れた。

「ここがうちよ。お疲れさま、空洞淵くん」

簡潔に労《ねぎら》いの言葉を掛け、綺翠は引き戸を開く。すると――。

「お姉ちゃんお帰りなさい！　遅いから心配したん――って、男の人連れてるぅ⁉」

いきなり元気いっぱいの黄色い声が飛んできて空洞淵は面食らう。

玄関入ってすぐの上がり框《かまち》のところに、綺翠と同じく巫女装束の少女が立っていた。年の頃は十五、六だろうか。肩口で髪を切り揃えた可愛らしい少女だ。

顔立ちが綺翠に似ているので、先ほど話に出てきた妹なのだろう。硬質な印象の綺翠と比較すると、眼が大きく少し垂れ気味で、何とも人が良さそうに見える。

「──穂澄《ほずみ》。こちらは、空洞淵くん。〈現世〉からの客人で、しばらくうちで預かることになったから、お世話をお願いね。私は先にお風呂《ふろ》をいただくからあとよろしく」

「何が何だかよくわからないけど、わかったよ！」

言葉の足りない一方的な綺翠の説明に、少女は動揺を示しながらも半ば自棄《やけ》のように返事をした。きっといつものことで慣れているのだろう。

空洞淵を置いて、さっさと家の奥へ消えていった綺翠の背中を見送ってから、空洞淵は改めて目の前の少女に頭を下げる。

「──夜分遅く、突然お邪魔してすみません。空洞淵霧瑚と言います。正直僕も自分の置かれた状況を完全に理解したわけではないのだけど……」

「あ、ううん！　気にしないで！」

空洞淵に気を遣わせないためにか、明るく言って少女は笑った。

「きっとお姉ちゃんに無理矢理に連れて来られたんだよね。お姉ちゃん、いつもマイペースで強引だから……。それに大丈夫！　私、人のお世話大好きだから！　自分の家だと思ってのんびりしてね！　あ、私、御巫穂澄！　穂澄で良いよ！　ねえ、空洞淵さん。お兄ちゃんって呼んで良い？」

「あ……うん。それは、お好きにどうぞ」

この世界の住人の、他人に対する距離の詰め方にも多少は慣れてきた空洞淵であるが、それでもこの少女の人懐こさには驚く。〈現世〉ならばきっとクラスの人気者になっているタイプだ。

穂澄に促されるまま、空洞淵は家に上がり込む。外観の古めかしさに反して、家の中は小綺麗に整えられていた。日本家屋特有の寒々しさのようなものもなく、どこか温かみのある優しげな内装だ。きっと穂澄の趣味なのだろう。

居間に通され、茶を供される。穂澄は、「お部屋の準備してくるから、ゆっくりしててね」と言い残してどこかへ行ってしまった。

手持ち無沙汰《ぶさた》になった空洞淵は、お茶を飲みながらぼんやりと居間を見渡す。

棚の上に時計らしきものが見えたので、今の時刻を確認するために覗いてみる。しかし、いわゆる不定時法の時計で、読み方が全くわからなかったので諦《あきら》める。

考えることが多すぎて、逆に無心になってぼんやりとしていたら、やがて廊下側の襖が開いた。

「空洞淵くん、お待たせ」

綺翠だった。紅白の巫女装束ではなく、白地に青い模様の入った涼しげな浴衣《ゆかた》を着ている。湯上がりのためか、手ぬぐいで汗を拭《ぬぐ》っていた。頬をわずかに上気させ、ぬばたまの黒髪をしっとりと湿らせている姿は何とも色っぽくて、空洞淵は目のやり場に困る。

「何ぼうっとしているの？　こっちにいらっしゃい」

言うだけ言って、さっさと居間を出て行く綺翠。空洞淵は慌てて付いていく。

連れて来られたのは、母屋《おもや》を抜けた先の離れのような小さな小屋。

「ここがお風呂よ。使い方はわかるかしら？」

綺翠に言われて小屋の中を覗き込む。二畳ほどのスペースに、円形の風呂釜《がま》と洗い場が並んでいる。いわゆる五右衛門《ごえもん》風呂と呼ばれるものだ。

もちろん、現代人たる空洞淵は、五右衛門風呂に入った経験などない。

「火加減は、中からも調整できるけど、しばらくは私か穂澄が外からやってあげる。お湯は風呂釜の横に別に沸かしたものがあるから、身体を洗うときにはそっちを使って。温度調節はそっちの水桶《おけ》で。石けんも、そこの適当に使って」

「うん、ありがとう。何となくわかるよ」

「それと……ちょっと空洞淵くん、両腕を横に広げて立ってみてくれる？」

「え？　こ、こうかな……？」

突然の要求に戸惑いながらも、言われたとおり案山子《かかし》のような体勢で立つ。

綺翠は、空洞淵の身体を上から下まで眺め、ふむ、と呟く。それから何を思ったのか、突然正面から抱きついてきた。

「――っ!?」

心臓が飛び跳ねる。いったいこの巫女は何をしているのか。

薄着から伝わる体温と、立ち上るほのかな石けんの香りに目眩《めまい》がする。

言葉を失っていると、綺翠は再び、ふむ、と呟いて空洞淵から離れた。

「たぶんだけど、父の浴衣で大丈夫そうね。準備しておくから、お湯から上がったら着替えてね」

どうやら浴衣のサイズ感の確認をしていたようだ。それならそうとせめて一言言ってくれれば良いものを……。余計な動揺をしてしまった自分が少し恥ずかしい。

「それじゃあ、あとは何かあったらその都度聞いてちょうだい」

新しい手ぬぐいを空洞淵に渡すと、綺翠は浴室を出て行った。おそらく外の竈《かまど》のところへ行ったのだろう。

空洞淵は、胸の逸《はや》りを誤魔化すように手早く服を脱いで浴室に入る。慣れない森歩きで汚れた身体をお湯で綺麗に洗い流してから、風呂釜に浮かんでいる円形のすのこのような板を踏み沈めてお湯に浸かる。

少し熱いが、心地良い温度だった。

「ちょうど良い感じだよ」

湯気を逃がすため開かれた小さな格子《こうし》窓に向かって声を掛ける。

「そう？　それは良かったわ」相変わらず感情の籠もらない綺翠の声が返ってきた。

「私のことは気にしないでゆっくりしなさい。慣れない土地で色々あって、今日は疲れたでしょう」

「ありがとう。なら、お言葉に甘えさせてもらおうかな」

普段ならば遠慮をするところだったが、この心地よさの誘惑には抗《あらが》えなかった。元々、風呂好きというほどでもないのだが、疲れたときにはやはりお湯に浸かってのんびりしたいと思ってしまうものなのである。

確か、『東海道中膝栗毛《ひざくりげ》』にも、五右衛門風呂のエピソードがあった気がする。旅の途中の風呂はきっととてもありがたいものだったはずだ。

しばし、微睡《まどろ》みのような心地よさに酔いしれる。

「ねえ、空洞淵くん」

不意に外から声を掛けられて、空洞淵は我に返る。

「なんだい？」

「空洞淵くんのいた〈現世〉って、どんなところなのかしら？　以前、金糸雀に〈幽世〉とは比べものにならないくらい文明が発達したところだと聞いたのだけど」

「そう、だね」言葉を選びながら空洞淵は答える。「確かに、この世界と比べると、色々発達していて、安全で、とても便利で過ごしやすいところだと思うけど……。その便利さを代償に、失われてしまったものがたくさんあるような気がする」

例えば、ボタン一つで、自動でお湯を張ってくれるシステムバス。

あるいは、夜の闇を駆逐する街中の照明や、気軽に長距離を移動できる自動車。

この世界に来てから感じた不自由は、空洞淵の世界ならばすべて解消されるだろう。

便利で安全で清潔で、人が過ごしやすい人のための世界。

文明の発達とは、そういうものだ。

利便性の追求は、日常生活におけるストレスを軽減する。だが、その果てにあるのは
——外的刺激への鈍化なのかもしれない。

今まで苦労してきたことが、簡単にできるようになる。一見それはとても素晴らしいことのように思えるが、そのためにそれまで脳が受け続けてきた刺激が一つ減る。やがて脳への刺激は一つずつ減っていき、いつか日常生活における刺激はほぼなくなることだろう。

日常に〈当たりまえ〉が溢れ、何も感じなくなってしまう。

刺激が無ければ、脳は鈍化していく。

便利な環境で生きていると、自分が生きている、という自覚が希薄になる。

そして——大切なものを見失ってしまう。

今、空洞淵が感じている綺翠への感謝の気持ち。

あるいは、小さな木枠に切り取られた漆黒の空から覗く、都会では考えられないほど美しく輝く無数の星々。

この世界に来てからの様々な体験は、そんな見失ってしまっていた何かを、思い起こさせてくれるような気がした。

「――贅沢《ぜいたく》な悩みね」

外の綺翠が、微かに笑った気配がした。

「私は今の生活に不便を感じたことはあまりないけれども……。何か困ったら、いつでも言いなさい。可能な限り力を貸してあげるから」

「ありがとう。でも、どうして綺翠はそんなに親切にしてくれるんだい？」

ずっと抱いていた疑問を投げ掛けてみる。見ず知らずの男を助ける理由など、本来この女性にはないはずなのに。

すると綺翠は、くすくす、と意味深な笑みを零した。

「いずれわかるわ。あなたがここへ連れて来られたことにはきっと〈意味〉がある。私はただ、その〈運命〉に従っているだけだもの。空洞淵くんも変に恩を感じたりしなくて結構よ。私が勝手にやっていることなのだから」

「そういうわけにもいかないよ。きみは命の恩人だし、僕にできることなら、何かきみの役に立ちたい」

これまで極力人とは関わらないように生きてきた空洞淵だが、そんなささやかな信条を容易に捨て去らせるほど、綺翠には感謝していた。彼女の不器用な優しさがとても心地良かったから、何かお返しをしたいと、心の底から思ってしまう。

「――真面目なのね。なら、あとで少しお酒に付き合ってもらおうかしら。穂澄に呑ませるわけにもいかないし、いつも一人で晩酌をするのに飽きていたところだから。あなたお酒は飲めるのでしょう?」

「……まあ、人並みには」

日常的にアルコールを摂取する習慣はないが、決して飲めないわけではない。

「それは重畳」綺翠はどこか嬉《うれ》しそうな声色で言った。「穂澄の作る酒菜《さかな》は絶品なのよ」

「――なるほど、楽しみだな」

今まであまり感じたことのない、不思議な高揚感のようなものを抱きながら――夜はゆっくりと更けていく。

# 第二章

# 騒動

*I*

珍しく、軽い頭痛で空洞淵《うろぶち》は目を覚ました。

視界の先には見慣れない天井が広がっている。少なくとも自分の家でないことは、寝《ね》惚《ぼ》けた頭でもすぐにわかった。

出張中だったか、と記憶を探り――すぐに、昨夜自分の身に起きたことを思い出して、深いため息を吐《つ》く。

頭重を引き摺《ず》りながら身体《からだ》を起こす。障子の向こうは、すでに驚くほど明るい。いったいどれだけの時間、自分は眠っていたのだろうか。そして今はいったい何時なのか。時間に縛られる現代人の性《さが》なのか、急に不安になってくる。

そもそも昨夜の風呂《ふろ》以降の記憶も定かではない。覚えていることといえば、穂澄《ほずみ》による豪勢な夕食と、表情一つ変えず日本酒を飲み干していく綺翠《きすい》の横顔くらいで――。

とにかく、いつまでもだらだらしているわけにはいかない。空洞淵は布団《ふとん》をたたんで隅に寄せ、部屋を出る。

襖《ふすま》の先がすぐ縁側になっていた。外はすでに日が昇り、強めの日差しが地上に降り注いでいる。どうやら季節は〈現世《うつしよ》〉と連動しているようだ。太陽の角度から考えると、大体九時くらいだろうか。この世界の住人の生活リズムはよくわからないが、少なくとも空洞淵の感覚では、十分に寝過ごしてしまっている。

今頃病院では、空洞淵が出勤してこないことで小宮山が首を傾《かし》げているのだろうか。無断欠勤などしたことがなかったので、申し訳ない気持ちになるが、今さら悩んだところでどうしようもない。

心の中で小宮山に謝罪し、気持ちを切り替えて、空洞淵は居間へと向かう。

「あ、お兄ちゃん！　おはよう！」

居間では穂澄がのんびりお茶を飲んでいるところだった。元気いっぱいの少女の笑顔に、空洞淵も思わず笑みを返す。

「おはよう。ごめんね、こんな時間まで寝過ごしてしまって」

「ううん、気にしないで」穂澄は朗らかに笑う。「むしろお姉ちゃんに付き合わせちゃってごめんね。お姉ちゃん、この辺りで一番お酒が強いから、なかなか人にお酒付き合ってもらえなくて」

昨夜の綺翠の飲みっぷりを思い出して、さもありなん、と空洞淵は思う。同じペースで飲んでいては身体がいくつあっても足りないだろう。

「大丈夫？　具合悪くない？」

「ありがとう。少し頭痛がするくらいかな。酒はあまり強くないけど、翌日には残らないタイプなんだ」

「そうなんだ」穂澄は安心したように息を漏らす。「とにかくまずは水場で顔を洗おうか。さっぱりするよ」

穂澄に案内されて、空洞淵は水場で顔を洗う。井戸水なのか、とても冷たくて心地良い。飲んでも大丈夫と言われ、桶《おけ》に溜《た》められた水を手柄杓《てびしやく》で飲んでみる。身体に染《し》み入るように美味《おい》しく感じられた。

せっかくなので、いつも持っている漢方薬を水で飲むことにする。

懐《ふところ》から薬包紙を取り出した空洞淵を見て、穂澄は不思議そうに首を傾げた。粉薬を水で飲み下してから空洞淵は答える。

「それはなあに？」

「これは『五苓散《ごれいさん》』っていう漢方でね、二日酔いに効果があるんだ」

「お兄ちゃんお薬に詳しいの？　もしかして薬師《くすし》？」

驚いたように目を丸くする穂澄。『くすし』という言葉が一瞬変換できなかったが、すぐに薬を仕事にしている人のことだと気づき、頷《うなず》いてみせる。

「うん。元の世界では、薬を作る仕事をしてたよ」

「へえ、すごいすごい！」穂澄はとても嬉《うれ》しそうに手を叩《たた》いた。「それならそうともっと早く言ってくれれば良かったのに！　お姉ちゃんもきっと喜ぶよ！」

「……喜ぶ？」

何故《なぜ》、空洞淵が薬に詳しいと綺翠が喜ぶのか。因果関係が不明だったが、穂澄も今はそれ以上説明するつもりがないようで、あっさりと話題を変えた。

「とにかく先にごはんにしよう。すぐ支度するから、お兄ちゃんは居間で待ってて」

言われるまま、空洞淵は居間へ戻る。本当は手伝いを申し出たが、素気なく断られてしまったのだった。まあ、客分が余計なことをするとかえって失礼だろう、と思い直して、空洞淵は大人しくしている。

美味しい水の影響もあり、すぐに頭痛は治まった。

穂澄が用意してくれた朝食は、一汁三菜の立派なものだった。昨夜も思ったが、この神社の経済状況は比較的恵まれているのだろう。普段、朝食は食べない主義の空洞淵だったが、用意された朝食をありがたく頂く。料理などせず、コンビニ弁当で食事を済ませている空洞淵にとっては、すべてがご馳走《ちそう》なのであった。

「そういえば、綺翠は？」

食事の途中で、ふと気になったことを尋ねてみる。

「お姉ちゃんは、お仕事で朝早くお出かけしちゃったよ」

卓袱台《ちゃぶだい》の向かいに座り、ニコニコしながら空洞淵の食事を見ていた穂澄は答える。

「お姉ちゃん、巫女《みこ》だけじゃなくて〈幽世《かくりよ》〉の調停役もやってるから、忙しいの」

「調停役？」キュウリの浅漬けを囓《かじ》りながら尋ねる。

「うん。人間と〈怪異〉が仲良く暮らせるように、色々頑張ってるんだよ」

「ふうん……すごいなあ」

素直に感心する。あの若さで自分の使命を全うしている綺翠は、眩《まぶ》しくすら見える。自分など三十をまえにして、己の無力を嘆いているだけだというのに。

「それよりお兄ちゃん。ご飯が終わったら、私たちも少しお出かけしようよ」

「お出かけ？　どこかへ行くのかい？」

「お兄ちゃんに街のほうを案内してあげようと思って。美味しいお店とか、色々教えてあげる」

「ああ、それは助かるな」空洞淵は頷く。「是非お願いしたいな。でも、穂澄も忙しいんじゃないかい？　巫女の仕事があるんだろう？」

「巫女の仕事なんて境内のお掃除くらいだよ」穂澄は快活に笑った。「今の時期は参拝客も来ないし、気にしないで。私も、お兄ちゃんと街を巡ったほうが楽しいし！」

「それなら……お願いしようかな」

「わあい！　おめかししなきゃ！」

穂澄は諸手《もろて》を挙げて喜んだ。見ているだけで、不思議とこちらまで元気になってくる。

食事を終えると、空洞淵は浴衣《ゆかた》から、穂澄が用意してくれた麻の長着に着替える。おそらくこれが外出着ということなのだろう。着付けが全くわからなかったので、穂澄に教えてもらう。一回り以上も年上の男に、着物の着方を一から説明しないといけないというのは面倒だろうに、穂澄は嫌な顔一つせず、それどころかとても丁寧に教えてくれた。おかげで、一人で着替えができるくらい、空洞淵も着付けを習得できた。

それから、準備があるから、とどこかへ行ってしまった穂澄を、縁側に座ってぼうっとしながら待つ。日差しは強いが、不思議と〈現世〉ほど暑くはない。風も爽《さわ》やかで心地良く過ごしやすい。エアコンのない生活というのは、どれほどの地獄かと身構えていただけに、この新発見は嬉しい。

「お待たせー」

廊下の角から穂澄がひょっこりと顔を出す。

穂澄は、先ほどまでの巫女装束ではなく、明るい草色の着物を着ていた。髪には百合《ゆり》の飾りを付け、少し化粧もしているようだ。

「へ、変じゃないかな……？」

不安そうに上目遣いを向けてくる穂澄。

「変じゃないよ」空洞淵は笑みを返した。「すごく似合ってる」

「本当？　良かったぁ」穂澄は胸をなで下ろした。「街へ行くから少しおめかししたんだ。このおしろい、最近街で流行《はや》ってるんだって」

世話好きで大人っぽい子だと思っていたので、年頃の少女めいた一面が垣間見《かいまみ》えて空洞淵も優しい気持ちになってしまう。

「大丈夫、元から可愛《かわい》いけど、さらに可愛くなってるよ」

「えへへ、お世辞でも嬉しいな」心底嬉しそうにはにかんで、穂澄は空洞淵の腕を取った。「それじゃあ、行こうか！　こういうの〈現世〉だと『でーと』って言うんだよね！　金糸雀《カナリヤ》に昔教えてもらって、憧《あこが》れてたんだ！」

まさか異世界に来て、人生初のデートをすることになるとは。

世の中わからないものだと、空洞淵は感慨にふけるのだった。

## 2

昼間の極楽街は、夜とはまた違った賑《にぎ》わいで溢《あふ》れていた。

老若男女《ろうにゃくなんにょ》が行き来する往来には、客引きの声が四方から飛び交っている。また、そこかしこから美味しそうな匂《にお》いが漂って来ており、それがまた気持ちを浮き立たせる。

「ここは、〈一番通り〉っていう、その名のとおり一番賑やかな通りなんだよ」

空洞淵の手を引きながら、穂澄は楽しそうに笑った。

「活気があって良いところだね」

「うん！　私、ここが大好きなんだ！」屈託ない笑顔で穂澄は空洞淵を見上げてくる。

「それじゃあ、まずはどこを見ようか！　せっかく街に来たんだし、話題のものを見ないとね！　となるとやっぱり、歌舞伎《かぶき》座かなあ。今人気の演目は、『白髪鬼』で――」

穂澄が楽しそうに街の説明をしてくれていたところで、通り沿いの商店の店番をしていた女性に声を掛けられた。

「おや、穂澄ちゃん。こんな時間から珍しいね！」

声を掛けてきた中年の女性は、穂澄と手を繋《つな》ぐ空洞淵に気づき目を丸くする。

「あれまあ、良い人連れちゃって！　穂澄ちゃんも隅に置けないね！」

「えへへー良いでしょう？　でも、残念。この人はお姉ちゃんのお客さんなんだよ」

「巫女様の？」すると女性はますます目を丸くして、空洞淵を上から下まで改めて眺める。「はぁ……あの巫女様にもついに春が……！　巫女様はあんなに美人なのに、色恋に興味がなさそうで、おばちゃん気を揉《も》んでたんだよ……！　あんた、よくやったね！」

女性はやたらと力強く空洞淵の背中を叩いて来る。何やら重大な誤解をされている予感がした。

「あの、僕はそういった特別な間柄ではなくてですね……」

「あんた名前は？」

「……空洞淵と言います」

「いくつだい？」

「……二十八です」

「いい歳《とし》じゃないか。仕事は何してんだい？」

「仕事は――」

問われて一瞬考える。この女性に、自分が〈現世〉から来たのだということを伝えて良いものなのだろうか。これまではたまたま自分の境遇を好意的に解釈してくれる人とばかり接してきたが、まだこの世界における〈現世人〉の一般的な評価がわからなかったため、空洞淵は誤魔化す。

「――薬師、ですかね。人の病を治すことを生業《なりわい》としています」

「おやまあ、薬師の先生だったのかい！」女性はまた大げさに目を丸くした。「ありがたいね！　燈《あかり》先生がいなくなってから、街のみんなが困ってたんだよ！　空洞淵先生だっけ。巫女様のことも、街のみんなのことも、これからよろしくね！　穂澄ちゃん、ほら、この大根持っていきな！」

あまり人の話を聞かない傾向にあるその女性は、軒先に並べられていた大根の中から一際《ひときわ》立派なものを選んで穂澄に押しつけた。

「えへへ、ありがとう、おばちゃん！」

嬉しそうに大根を受け取り、空洞淵たちは店を後にする。しばらく歩いたところで、穂澄が双眸《そうぼう》を輝かせながら空洞淵を見上げた。

「お兄ちゃん、やっぱりみんなに期待されてるね！」

「薬師という職業がまさかそこまで評価の高いものだとは思わなかったよ」

ただ考えてみれば、旧時代然としたこの〈幽世〉において、空洞淵の持つ医療知識に価値があることは容易に想像できることではあった。

「燈先生っていうのは、薬師の先生なのかい？　いなくなったって言ってたけど」

「うん。極楽街でたった一人の薬師だったんだよ。でも、一ヶ月くらいまえ急にいなくなっちゃって……」穂澄は表情を暗くする。「もしかしたら、〈怪異〉に襲われちゃったのかもしれない、ってみんな悲しんでたの」

「………………」

生きるも死ぬも己次第、という白銀《しろがね》の少女の言葉をまた思い出す。人と人ならざるものが共存するこの世界ならば、そういった突然の不幸もある意味では日常茶飯事なのかもしれない。

「つまり、今この街には、医療そのものが存在しないわけだね？」

「うん。薬処《くすりどころ》も今は閉まってるの。だから、お兄ちゃんがこの街の新しい薬師になってくれたら、きっと街のみんなはすごく喜ぶよ！」穂澄はすぐに表情をパッと輝かせた。

「でも、無理はしないでね！　お兄ちゃんはあくまでもお客さんなんだから」

優しく気を遣う穂澄の言葉。一瞬だけ考えてから、空洞淵は穂澄の頭を軽く撫《な》でる。

「うん、ありがとう。でも、僕にもできることがあるのなら、それはすごく嬉しいな。少し落ち着いたら、今後の身の振り方を考えるよ。いつまでも二人のところにお世話になるわけにもいかないからね」

「お兄ちゃん素敵！　でも、お兄ちゃんなら無理に働かなくても、一生うちに居てくれて良いからね！」

「…………」

この少女と一緒に暮らし続けたら、どんどん自分が駄目になっていくような気がした。

将来に言い知れぬ不安のようなものを抱きながら、空洞淵は街を回る。

街を見て回って、空洞淵は色々と気づく。たとえば、道行く人の中に、洋装の人も違和感なくちらほら混じっていた。他にも洋灯《ランプ》や椅子《いす》、ガラス製品などの商品を取り扱う商店もいくつか見かけた。何となく江戸時代あたりの文化感なのかな、と思っていたので、空洞淵は少し驚く。おそらく、〈現世〉から切り離されたあと、独自の文化発展を遂げていったのだろう。

改めてここが異世界なのだということを実感する。

感心しながら街を巡っていると、ふと遠くの空から鐘の音が耳に届く。

「……あっ！ お昼の合図だよ！ お兄ちゃん、何か食べよう！」

穂澄は嬉しそうに空洞淵を見上げるが、どこか顔色が悪く見えた。少し心配になる。

「大丈夫？ 疲れちゃった？」

「……ううん、そんなことないよ？」

穂澄は気丈に振る舞って笑みを見せるが、やはりどこか力なく見える。

「ただちょっと今日は日差しが強いなって……」

「日差し？」

空洞淵は空を見る。確かに快晴で如何《いか》にも夏らしい陽気ではあるが、東京の灼熱《しやくねつ》地獄を知っている空洞淵には、むしろ日差しもマイルドで過ごしやすく思える。

ただ、それはあくまでも空洞淵が特殊な環境にいただけの話であり、この〈幽世〉で生まれ育った穂澄にとって今日の陽気はなかなかに堪《こた》えるものなのかもしれない。

顔色はむしろ青白く見えるので熱中症ではないだろうが、貧血の可能性はある。大事を取って、空洞淵は穂澄を木陰へ連れて行き休ませることにする。

「……何かごめんんね。せっかく楽しく街を見てたのに」

石垣に腰を下ろした穂澄は、申し訳なさそうに眉尻《まゆじり》を下げた。

「気にしないで」空洞淵は努めて優しく言う。「この暑さだし、人も多かったから、少し疲れちゃったんだよ。僕のことは良いから、ゆっくり休んで」

「ありがとう……お兄ちゃん」

力なく笑う穂澄を安心させるように、そっと頭を撫でてやる。

しかし、少し休めばすぐに元気になるだろうと高をくくっていたのに、次第に穂澄の体調は悪化していった。呼吸も荒くなっていき、苦しそうだ。

「穂澄、やっぱりもう帰って休んだほうが——」

さすがに見かねて、空洞淵は穂澄の肩に手を伸ばす。ところが次の瞬間、穂澄はその手を摑《つか》んで空洞淵を地面に引き倒した。

「——っ⁉」

為《な》す術《すべ》もなく地面に転がされる空洞淵。そして気がつくと穂澄は、空洞淵の上に馬乗りになり彼を見下ろしていた。

「——お兄ちゃん」

その目はどこか虚《うつ》ろだったが、陶然としたように怪しげな光が灯《とも》っている。

「……穂澄、なにを」

「——ごめんね。お兄ちゃん、何だかすごく良い匂いがして、私、我慢できなくて……」

空洞淵を見下ろしたまま、穂澄はニィ、と口を歪《ゆが》めて笑った。その隙間《すきま》からは——先ほどまでは無かったはずの、鋭い犬歯が覗《のぞ》いていた。

瞬間、脳裏に蘇《よみがえ》る昨夜の光景。

面を被《かぶ》った白髪の鬼は、まさに今の穂澄のようだった。

先ほどまでは普通に元気だったはずなのに、穂澄の身にいったい何が起こったというのか。わけがわからず、ただ空洞淵は穂澄に声を掛ける。

「お、落ち着いて。何がしたいのか、ちゃんと言ってごらん」

「お兄ちゃんの……血が飲みたい」

トロンとした、恍惚《こうこつ》の表情を浮かべて、少女はそう言った。

——吸血鬼。

ふとそんな言葉が記憶の底から浮かんできた。

他人の生き血を欲する〈怪異の王〉。まさか穂澄は、〈鬼人《おにびと》〉になってしまったというのか……？

情報も経験も、何もかもが不足していて空洞淵には判断が下せない。

穂澄が望むなら、血くらい飲ませてあげたほうが良いのだろうか。彼女には一宿一飯の恩もあるし、たまの献血と思えば二〇〇ミリリットルくらいそれほど問題にはならなそうな気はする。

ただ、そうした場合——何故か根拠もなく、綺翠が悲しむような気がした。可愛い妹が他人の血を飲むなど、あの巫女が許容するはずもない。

ならば、力尽くでも止めなければならないが、すでに穂澄の力は、非力な空洞淵のそれを大きく上回っており、抵抗らしい抵抗も満足にはできなかった。

徐々に空洞淵の首筋に顔を寄せてくる穂澄。

もうダメだ、と諦《あきら》めかけたそのとき。

「——そこな御仁。よろしければ、手をお貸しいたしましょうか？」

突然、頭上から声を掛けられた。慌《あわ》てて視線を上げる。

そこには、黒衣に濃紫《こむらさき》の袈裟《けさ》を着けた男が穏やかな笑みを浮かべて立っていた。

有事に際しても仏様のような笑みを絶やさないその立ち居振る舞いも、僧職を連想させる。男が何者かはわからないが、藁《わら》にも縋《すが》る思いで、空洞淵は返事をする。

「……可能であれば、この子を止めていただけませんか。できれば非暴力的な手段で」

「これは異なことをおっしゃる」意外なものでも見たかのように男は目を丸くした。

「あなた様は今、その少女に襲われているようにお見受けいたしますが。それでも情けを掛けられるので？」

「……襲われているのは事実ですが、この子は僕の恩人なのです。無理ならば、どうか僕らのことはお気になさらずどこへなりとも行ってください」

空洞淵の言葉に、男は興味深そうに唸《うな》って顎《あご》を摩《さす》る。

「ご自身の危機よりも、少女の身を案じるとは……御仏《みほとけ》のような心を持った御仁ですね。相わかりました、不肖の身なれど、微力ながらお手伝いをさせていただきましょう」

どこか楽しそうにそう言うと、男は袂《たもと》から漆塗りの印籠《いんろう》を取り出し、中に収められていた小さな丸薬を摘《つ》まんで見せる。

「こちら霊験あらたかな、霊薬にございます。こちらを飲ませれば、たちどころにこの少女は大人しくなることでしょう」

霊薬と言われたら、窮地といえども成分に興味が湧《わ》く。しかし、いったい何が入っているのか――と問い質《ただ》すよりも早く、男は穂澄に丸薬を飲ませた。

ゴクリ、という微《かす》かな嚥下《えんげ》音が響く。一瞬、空洞淵を押さえる力が弱まり、薬が効いたのか、と期待するが、続けて穂澄は空洞淵の上から跳び退《すさ》り、自分の喉《のど》を押さえて悶《もだ》え苦しみだした。

「何を飲ませた！」

慌てて空洞淵は穂澄に飛びつく。咄嗟《とっさ》に脈を取ると、浮緊にして数《さく》。何らかの炎症反応が身体の中で起こっていそうだが、これは――。

「旦那《だんな》、少々落ち着いてください」男はあくまでも落ち着いて言う。「これは、体内の邪が霊薬に抵抗しているのです。次第に収まりますよ」

男の顔に張り付いた笑みが何とも胡散《うさん》臭く見え、空洞淵は心配になってくる。しかし、穂澄の身に起きた異変は次第に収まっていき、やがて彼女は眠るように小さな息を立て始めた。男は満足そうに笑った。

「ふむ。これでひとまずは、少女の中の吸血鬼もなりを潜めることでしょう」

「――吸血鬼?」

「おや、旦那。ご存じないのですか?」再び男は意外なものでも見るように目を丸くする。「今この極楽街では、吸血鬼の〈感染怪異〉が蔓延《まんえん》しているのですよ」

「じゃあ、今のこの子の異変は――」

「ええ。まさしく今この瞬間に、少女は吸血鬼の〈鬼人〉と成ったのです」

先ほどの思いつきの仮説を当然のように肯定され、空洞淵は戸惑いながらも現実を受け止める。そうして――改めて実感する。

この〈幽世〉という世界の、不安定さを。

「でも、吸血鬼というのは普通、吸血鬼に嚙《か》まれてなるものなのでは?」

「一般的にはそのように言われておりますな」男は大仰に頷く。「しかし此度《こたび》の吸血鬼騒動は、それだけではないのが厄介でして。もちろん、従来のように吸血鬼となった者に嚙まれることで吸血鬼となる場合はございます。しかし、普通に生活していたお嬢さんがある日突然、吸血鬼となってしまうという奇妙なことが後を絶たないのでございます」

　普通に生活していた人が突然、吸血鬼と成る――。

　まさに穂澄のケースがそれだろう。もちろん、昨夜の金糸雀の〈感染怪異〉に関する話から考えれば、そもそも〈感染怪異〉というのはそういうもののようなので、決して理解できないほど奇妙ということもないのだろうけれども……。

　しかし、〈鬼人〉と成るには、認知が広がるためのある程度の素地が必要なはずだし、それが不特定多数に引き起こされる、というのは道理に適《かな》わない気がする。

「まあ、そんなことはどうでもよろしいのです」

　空洞淵の思考を遮るように、男はまた満面の笑みを顔に貼《は》りつけて空洞淵を覗き込む。

「ここで大変申し上げにくいのですが……。こちらのお嬢さんに授けた霊薬なのですが、とても貴重なものでしてそのお代をいただきたいのですけれども」

　先ほどの丸薬の代金を求めるというのは、当然の主張なのだが、無一文の空洞淵は少し焦《あせ》る。

「……ちなみにおいくらになりますか？」

「なに、そう身構えずとも構いません。私も御仏に仕える身でございます。利益など度外視に、材料費だけでざっと――二両といったところでしょうか」

「二両……」

　そう言われても貨幣価値のわからない空洞淵にはさっぱりだった。両が昔の日本の貨幣単位だったことくらいは常識として知っているが、具体的な現在の日本円との比較は想像もつかない。

「ええと、実はお金を持っていないのですけど」

「はっは、ご冗談を。お嬢さん共々、そのような良き身なりでそれはないでしょう」

　快活に笑ってみせるが、目は笑っていなかった。長身の男は、口元に笑みを貼りつけたまま、威圧するようにずいと空洞淵へ顔を寄せる。

「さあ、早々にお支払いいただいたほうが身のためでございますよ。あまりごねられては仏罰が下るやもしれませんぞ」

「仏様って、こんなことで罰を下してくるほど暴力的でしたっけ……？」

「そのようなことはどうでも良いのです。ささ、旦那、喜捨と思い潔《いさぎよ》くお払いなさい」

　笑顔で凄《すご》む怪しげな法衣の男と、無一文でただただ困惑する男。

　日中の往来で対峙《たいじ》する二人は、大層人目を引いてしまっていたことだろう。

　そこへ――。

「おい、そのへんにしといてやれや、釈迦《しやか》の字」

　不意に第三者の声が響く。

空洞淵が声のほうへ顔を向けると、そこにはまた奇妙な出《い》で立《た》ちの男が立っていた。教会の司祭が着るような、ゆったりとした黒のキャソックで身を固め、頭には黒のテンガロンハットを被った如何にも怪しい咥《くわ》え煙草《たばこ》の男。何より猛禽《もうきん》類のような鋭い目があまりにも極悪で、人の二、三人は殺していても不思議ではない凄味を見る者に与えていた。正直、関わり合いになりたくないタイプではあったが、男はずかずかと空洞淵たちのほうへ歩み寄ってくる。

法衣の男は、面倒くさそうに一度小さく舌打ちをしつつも、そんな様子はおくびにも出さずに笑顔のまま応じる。

「おや、これはこれは祓《はら》い屋殿。ご機嫌麗《うるわ》しゅう」

「さっきまではご機嫌だったんだがな。お前さんのそのニヤけ面《づら》を見た瞬間、不機嫌になったわ」

「これは手厳しい。しかし、祓い屋殿の出張る幕ではありませんぞ。これは、私とこちらの御仁との問題。邪魔立てするのであれば、祓い屋殿とて容赦はいたしませんが」

「生臭坊主《ぼうず》の阿漕《あこぎ》な商売を見ちまったんだ。これでも一応聖職者なもんでな。見て見ぬ振りって訳にもいかねえのよ。——おい、そこのあんた」

口の端から煙を吐きながら、テンガロンハットの男は空洞淵に言う。

「お上りさんだかなんだか知らないが、あんたカモにされただけだぞ」

「どうせこいつに丸薬でも飲まされたんだろうが、中身はただのにんにくだぞ」

「……え、にんにく？」

「……カモ？」

意外な言葉に空洞淵は目を丸くする。男は、そうだぞ、と続ける。

「吸血鬼の〈鬼人〉は、どういうわけかにんにくを食べると一時的に力が弱まるんだ。この極楽街じゃ結構知られてる話のはずだが……その様子だとやっぱり初耳みたいだな」

吸血鬼がにんにくに弱い、というのは、如何にもそのとおりな気がする。なるほど、それで穂澄は落ち着いたのか、と空洞淵は妙なところで納得してしまう。

「ちなみに二両というのは、どれくらいの価値があるんだい？」

「向こう一年は、遊んで暮らせるくらいだな」ぷわ、と男は輪の形の紫煙を空へ飛ばす。

「俺が来なきゃ危なかったな。この極楽街は、基本的には人畜無害なやつらのたまり場だが、稀《まれ》にこういう極悪人もいるから気をつけろ」

「極悪人とは手厳しいですな」法衣の男は、それでも笑顔のまま応《こた》える。「ならば聖人とは、あの場で旦那に声を掛けず、旦那諸共《もろとも》吸血鬼となることを静観する者を指す言葉なのですな。さすがは、救いを求める者しか救わぬ狭量《きょうりょう》な〈神〉を奉《たてまつ》る〈教会〉。御仏の慈悲深さをご理解いただけないようだ」

「……お前さんは、御仏を笠《かさ》に着て好き勝手やってる破戒僧だろうが、釈迦の字」

目に見えて険悪な雰囲気になる謎《なぞ》の男二名。そんなことよりも、さっさと穂澄を連れてどこか落ち着ける場所へ移動したい空洞淵ではあったが、さすがに渦中にいる自覚はあったので、止《や》むなく二人の間へ割って入る。

「まあまあ、二人とも落ち着いて。実際問題、この子が苦しんでいたところを助けていただいたのは事実なのです。向こう一年遊んで暮らせるほどのお礼をする気は毛頭ありませんが、お礼をすること自体はやぶさかではありません」

「おお、さすがは旦那。話のわかるお方のようで何よりです」

満足そうに微笑む袈裟の男。空洞淵は淡々と言う。

「しかし、僕はこの街に来たばかりでして、先ほども申し上げたとおり、本当に一文無しなのです。そこで、この子も休ませてあげたいことですし、後日改めてのお礼ということでもよろしいでしょうか？　僕もこの子も、街外れの神社に住んでいまして――」

「……神社？」

途端に、法衣の男の顔が強《こわ》ばる。よく見たらテンガロンハットの男のほうも顔を引きつらせていた。何か拙《まず》いことでも言っただろうか、と不安になる空洞淵へ、法衣の男は恐る恐るといった様子で問うた。

「……旦那。もしやとは思いますが、御巫《みかなぎ》神社の巫女殿とお知り合いで？」

「知り合いというか……この子は、神社の巫女ですよ」

「…………」

硬い笑顔を顔に貼りつけたまま、冷や汗を流し始める法衣の男。よくわからないが、何かの地雷を踏んでしまったのかもしれない。

「――ひょっとしてこの嬢ちゃん、穂澄嬢ちゃんか。巫女装束じゃないし、化粧もしてるからわからんかったぞ。あーあ、知らねえぞ、釈迦の字。俺ぁ、関係ないからな」

他人事《ひとごと》のように口笛を吹き始めるテンガロンハットの男。

いったい何の話をしているのか、と空洞淵が問い質そうとしたところで――突然、袈裟の男が親しげに空洞淵の肩を抱いてきた。

「――旦那ぁ、巫女殿とお知り合いなのであれば、そうとおっしゃってくだされればよろしいのにまったくお人が悪い。申し遅れましたが、私は釈迦堂悟《しゃかどうさとる》という、通りすがりの人畜無害な修行僧でございます。まさかお困りの旦那からおあしを巻き上げようだなんて、そんな魂胆はこれっぽっちも持ち合わせちゃおりませんので、どうか誤解なきよう」

「でもさっき、薬代の二両が必要だとかなんとか……」

「ははっ、そいつは聞き違いですぞ、旦那。私はただ、丸薬を飲んでくださったお礼としてわたくしめが二両を差し上げますと言っただけでございますよ」

「……………」

さすがにその言い訳は無茶が過ぎる。

薬を恵んでくれるだけでなく、何故か向こう一年遊んで暮らせるだけのお金をくれるというのは、色々と経済観念が崩壊している。空洞淵としては一ミリも損をしていないので、別に構わないといえば構わないのだが、さりとてさすがにそれは良心が痛む。

とにかく事情はよくわからないものの綺翠の存在がチラついた瞬間から、コロリと態度を翻《ひるがえ》したことから、少なくともこの男が綺翠を恐れていることは何となくわかる。テンガロンハットの男も似たような反応だったので、もしかしたら〈幽世〉全体から、畏《い》怖《ふ》の対象として見られているのかもしれない。

綺翠の威光を笠に着るのも悪いと思い、空洞淵は上手い具合に落とし所を探る。

「――聞き違いだったのであればそれで構いませんし、その二両も受け取る理由がないのでそちらのほうで収めておいてください」

「なんと……！　旦那はすでにその若さで、悟りの境地におられるのですか……！　ありがたやありがたや……！」

「……数珠《じゅず》取り出して拝み始めるの、やめてもらって良いですか」

「おおっ、これは失敬。私の熱心な御仏への尊崇がうっかり溢れ出てしまいました」

戯《おど》けて言って、釈迦堂は懐へ数珠を仕舞う。非常にわざとらしい。

「して、旦那。お名前を伺ってもよろしいですか？」

　そういえばまだ名乗っていなかったのだった。後々面倒そうなので適当に誤魔化そうかとも思ったが、綺翠の関係者と明かしてしまった以上、下手なことを言うと彼女に迷惑が掛かるかもしれないと思い直して、大人しく答える。

「……空洞淵です」

「おお、空洞淵の旦那というのですね！　何かお困りのことがございましたら、いつでもわたくしめにご相談くださいませ、ハイ。それでは、私はこれにて失礼させていただきます。ちなみに、こちらのお嬢様の吸血鬼は、しっかりと祓っておきましたので、どうかご安心ください。神社の巫女殿にも何とぞよろしくお伝えくださいませ、ハイ」

　とってつけたような胡散臭い笑みを貼りつけたまま一礼し、釈迦堂はそのままそそくさと立ち去って行ってしまった。一方的な退場ではあったが、これ以上関わりたくもなかったので、正直ありがたい。祓った、という言葉の真意はよくわからなかったが、先ほどまで苦悶《くもん》の表情を浮かべていたはずの穂澄の顔が穏やかなものに変わっているところからも、ひとまず大事は去ったようだ。どっと疲労感が押し寄せてくる。

「災難だったな、空洞の字」

　我関せずとばかりに静観を決め込んでいたテンガロンハットの男が話しかけてくる。

「まあ、無知なまま街を彷徨《うろつ》いてたおまえさんにも非はあるんだ。穂澄嬢ちゃんの件は気の毒だとは思うが……この街に住んでたらこういうこともあるだろうさね」

粗野な見た目に反し、ポケットから携帯灰皿を取り出して吸い殻をねじ込んでから、男は改めて言う。

「俺は、朱雀院《すざくいん》ってえ名の祓魔師《ふつま》——まあ祓い屋だ。あの生臭坊主や綺翠嬢ちゃんとは、同業者みたいなものだな」

「あの、助けてくれてありがとう」

「気にすんなよ」朱雀院は気安げに手を振る。「別に親切がしたくて助けたわけじゃねえ。俺の勝手な都合で首突っ込んだだけだから、恩とか感じなくていいぞ」

それから朱雀院は、空洞淵に背を向けて歩き出す。

「それじゃあ、俺も行くぜ。今、街は色々騒がしくて忙しいんだ。落ち着いたら酒でも奢《おご》ってくれや」

ぞんざいに片手を振りながら去って行った。

一人取り残された空洞淵は、どうしたものかと一瞬悩むが、結局当初の予定どおり、穂澄を負ぶって神社まで引き返すことに決めた。

道中、街の人々から奇異の視線を向けられているような気がした。

## 3

どうにか無事に神社まで到着した。

穂澄の部屋がどこかもわからなかったので、とりあえず空洞淵の部屋へ穂澄を運び、彼女を布団に寝かせてやったところで、空洞淵も畳の上に頽《くずお》れてしまう。

普段身体を鍛えていない運動不足のひ弱な成人男性が、いくら小柄とはいえ、少女一人を背負って神社へ続く長い石段を上りきるのは、大変酷なのであった。

噴き出る汗を手ぬぐいで拭《ぬぐ》いつつ、呼吸を整えるが、昼食を食べ損なったことも相まって目眩《めまい》までし始める。

とりあえずこのまま眠ってしまうのが正解か、と双眸を閉じたところで、玄関のほうから廊下を踏みならして走って来る足音が聞こえた。

「穂澄！　空洞淵くん！　無事⁉」

スパン、と障子を開け放して、御巫綺翠が入ってきた。

「……おかえり」

空洞淵は、何とか身体を起こして家主を迎えた。

「穂澄は無事だよ。部屋がわからなかったから、仕方なくここに連れてきたんだ。本当は帯とかも緩めてあげたかったんだけど……緩め方がわからなくてそのまま寝かせてるよ。ごめん」

「――いえ、大丈夫よ」

綺翠は、そこでようやく安心したように胸をなで下ろし、空洞淵の手を取って深々と頭を下げた。

「穂澄のお世話をしてくれてありがとう。空洞淵くんも……無事で良かった。二人に何かあったら、本当に私はどうすれば良いのか……」

常に冷静なイメージの強い綺翠がここまで取り乱すのは、少々意外だった。冷淡なように見えて、胸の内には熱い心を抱えているのかもしれない。

綺翠の新たな一面を知ることができて、空洞淵は少し嬉しく思う。

しかし、頭を上げると綺翠はすぐにいつもの冷静さを取り戻して続ける。

「〈感染怪異〉の件も聞いてるわ。まさかこの子まで吸血鬼になるなんて……。巫女だから大丈夫だと油断したわ。空洞淵くんも危険な目に遭わせてしまったみたいで、本当にごめんなさい」

「僕のことは気にしないで。それより、穂澄のことをお願いしても大丈夫かな」

「ええ、もちろん。空洞淵くん、悪いけど居間で待っていてくれる？」

言われるままに空洞淵は居間へ移動する。

　多少呼吸は落ち着いてきたが、太ももの筋肉が熱を持ったように重たく感じる。この〈幽世〉でしばらく生活するためにも、少し身体を鍛えないとダメだな、と改めて思う。

　体感時間で十分ほど経過したところで、綺翠が現れた。

「――お待たせ、空洞淵くん。おなか空《す》いてない？　出先でお蕎麦《そば》をもらったのだけど、良かったら食べない？」

「それはありがたい。是非ご相伴に与《あずか》るよ」

　手伝うために立ち上がり掛けるが、先に綺翠によって制される。

「お蕎麦なんて大した手間でもないんだから、座って待ってて。どうせまだ疲れも取れてないんでしょう？」

「…………」

　すべてお見通しのようだった。微かな笑みを残して台所へ消える綺翠を、空洞淵はただ恐縮しながら見送る。

　湯気の立ち上る二つの丼鉢《どんぶりばち》を載せたお盆を手に、綺翠が居間へ戻ってきたのは、十分ほど経過したところだった。

　ありがたく綺翠から丼鉢を受け取る。かけ蕎麦に二切れのかまぼこが添えられただけの非常にシンプルなものだったが、鰹節《かつおぶし》の香りが立ち、とても美味しそうだ。

「それじゃあいただきましょうか」

綺翠の言葉で、空洞淵も箸《はし》を持つ。一口蕎麦を啜《すす》って、空洞淵は驚く。

それはとても美味しかった。昨夜も今朝も、食事の支度は穂澄が行っていたので、てっきり綺翠は料理が苦手なのかと思っていた。

「——何だかとても失礼な感想を抱かれた気がするのだけど」

「それはきっと気のせいだね。うん、とても美味しいよ」

「……そう？　それなら良いのだけど」

しばらく二人とも無言で蕎麦を啜る。しかし、巫女装束の美女と卓袱台を挟んで蕎麦を啜ることになるとは……。先ほどのデートの件も含めて、昨日の昼間には思ってもいなかったので、なかなか人生とは面白いものだと空洞淵は感心する。

「どうかした？　顔がにやけているけど」綺翠は胡乱《うろん》な目を向けてきた。

「何でもないよ」素知らぬ顔で誤魔化す。「ただ、いつも食事は大抵一人で摂《と》っていたから、こうして人と一緒に食べるのが、少し楽しいんだ」

「穂澄みたいに明るくて話も面白い子ならともかく、私なんかと一緒に食べても、それほど楽しいとは思えない気がするのだけど」

「そんなことないよ。会話がなくても、綺翠が一緒に食べてくれるだけで僕は楽しいし嬉しいよ」

「……ふうん、あなた変わっているのね」

素っ気なくそう言うが、綺翠は満更でもなさそうだった。箸を置き、懐から何かを取り出して空洞淵に差し出す。

「あげる」

「え、何これ？」

戸惑いながら受け取る。小さな紙が、折り紙の要領で鳥のような形に小さく折りたたまれている。中学生くらいのときにクラスメイトの女生徒たちが、綺麗に折りたたんだ手紙のやり取りをしていたが、何となくそれを彷彿《ほうふつ》とさせる。

何かの手紙かと思い、箸を置いて広げてみる。それは縦長の和紙で、複雑な図形や文字が書き込まれていた。達筆すぎて空洞淵には解読できない。黒墨だけでなく、所々赤黒いインクのようなものも使われているようだ。

「これは……お札《ふだ》？」

「ええ。私がたった今まで懐で温めていた霊験あらたかなお札よ」

そういえば、まだほのかに温かい。

「空洞淵くんも大事に仕舞っておきなさい。きっと何か御利益《りやく》があるわ」

「何て書いてあるんだい？　特にこの赤い文字で書かれてるところは重要そうだけど」

「――秘密」

澄まし顔でそう言うと、綺翠はもうこの話はお終《しま》いとばかりにまた蕎麦を啜る。

よくわからないまま、よくわからないお札をもらってしまった。この手の霊験あらたかなアイテムにこれまで縁のなかった空洞淵には、これがどういったものかを判断する術はないが、ミミズがのたくったような字がみっしりと記された紙面は、明らかに尋常ならざる気配を醸《かも》しており、見ていて少し不安になる。ありていに言えば、非常に禍々《まがまが》しい。まさか持っていたら翌朝には毒虫に変身しているような呪《のろ》いのアイテムではないのだろうけれども……。

しかし、見たところ綺翠は厚意から譲ってくれたもののようだし、不気味だからと突き返すのも悪い気がする。結局そのまま、お札を丁寧にたたみ直してから懐へ仕舞い込んだ。毒虫になったら、またそのときに対応を考えよう。

大人しく食事を再開する。蕎麦だけでなくかまぼこも美味しかった。

すぐに蕎麦も食べ終わり、食後の緑茶をいただきながらようやく人心地ついたところで、空洞淵は綺翠に切り出す。

「——吸血鬼の〈感染怪異〉が、街で蔓延してるらしいね」

「……ええ」綺翠は少しだけ気まずげに頷いた。「言い訳がましいようだけど、決して隠していたわけではないの。ただ、〈幽世〉に無理矢理連れて来られたばかりの空洞淵くんに、いきなりそんな話をして怖がらせるのも悪いと思ったから……」

金糸雀の屋敷で、綺翠が話を遮ったのにはそういった事情があったのか、と納得する。

「気を遣ってくれたんだよね。大丈夫、事前に知らされていたとしても、穂澄の件で僕にできることなんてなかったから、そのことは全然構わないんだけど——。もし良かったら、もう少し詳細な話を聞かせてもらえないかな」

「別に良いけど……面白い話ではないわよ？」

長い話になるのか、正座から膝《ひざ》を崩して綺翠は続ける。

「——事の起こりは、今から一ヶ月くらいまえかしら。突然、吸血鬼が現れる、という噂《うわさ》が流れ始めたの」

「……突然？　確か〈感染怪異〉は、人々の認知が一定数を超えないと発生しないはずでは？」

昨日、金色《こんじき》の賢者から聞いた話を頭の中で思い返して、耳を傾ける。

「ええ。それ以前には、吸血鬼の噂なんて流れていなかったと思うから、そのあたりの前後関係もちょっとよくわからないのだけど……少なくともその時点で実体のある吸血鬼がいたことは間違いないわ。街には、吸血鬼に襲われた被害者が何人もいたし」

空洞淵は、面を被った白髪の鬼を思い出す。あれも吸血鬼だったのだろうか、と今さらながらに思案する。

「それで最初は、その吸血鬼に噛まれた女の子が、吸血鬼になって少しずつ数を増やしていったの。調べてみたらその吸血鬼は女の子しか狙《ねら》わなかったわ。でも、その頃はまだ、一日一人吸血鬼になるかならないかだったし、他の怪異と比較して、それほど厄介というわけでもなかったんだけど……」

綺翠はそこでお茶を啜って一息入れる。

「二週間くらいまえからまた突然、今度は吸血鬼に噛まれていないはずの人たちも吸血鬼になり始めて……。とにかく依頼がある度、祓いには行くのだけど、数が多すぎて対処し切れていないというのが現状ね。私は今、お祓いをしながら、大元の吸血鬼を追っているの」

「なるほど……」

全然関係ないが、今の話を聞いてこの〈幽世〉にもどうやら暦や曜日という概念はあるらしい、という知見を得る。時計を見る限り不定時法を採用しているようなので、おそらくは太陰暦なのだろうけれども。

「いくつか質問をしてもいいかい？」

「もちろん」

「そもそも最初の吸血鬼が現れるまえ、この〈幽世〉には、吸血鬼という怪異に関する一般的な認識はあったのかい？」

空洞淵の暮らしていた〈現世〉ならば、吸血鬼という怪異は様々な創作物において取り扱われるため、かなり一般に認知された存在であると言えるが、まだ〈幽世〉に来たばかりの空洞淵には、そのあたりのコモンセンスがないため判断ができない。

綺翠は、当然であるかのように頷いた。

「近頃は子どもでも知っているのではないかしら。草双紙でもよく描かれるし」

「くさぞうし？」

聞いたことのない言葉だったため、頭の中で漢字に変換できなかった。

綺翠は居間の隅に積んであった紙束から一部を抜いて、こういうの、と手渡してきた。

所謂《いわゆる》、四六判ほどの大きさの和紙が五枚、紐《ひも》で雑に束ねられている。中を見ると絵と文字が並んでいる。絵のほうは意外にも写実的で見やすいが、文字のほうは活字ではないのでさすがに読めない。しかし、何となく漢字とひらがならしきものは判別できるので、慣れれば空洞淵にも読み解けそうな気配はある。川縁《かわべり》を男女が並んで歩いている絵の感じからすると、恋愛ものものようだ。

話を中断させてしまったことを申し訳なく思いながら、草双紙を綺翠へ返す。

「草双紙では、吸血鬼はどういうふうに描かれるんだい？　やっぱり昨日、金糸雀が語っていたような造形なのかな？」

「ええ。人の生き血を啜る化け物で、すごい力を持つ代わりに、日光やにんにくに弱い、といった感じね。今でこそ、草双紙で面白可笑《おか》しく描かれているけど、私が生まれるよりもずっと昔、〈根源怪異〉が極楽街で大暴れして大変だったことがあるそうよ」

言われてハタと気づく。吸血鬼の〈感染怪異〉がいるのであれば、〈根源怪異〉がいてもおかしくない。というか〈現世〉からあらゆる怪異を切り離したこの〈幽世〉に、吸血鬼ほどの圧倒的な知名度を誇る怪異が実在しないとは考えにくい。少なくとも、八百比丘尼《やおびくに》よりはよほど知名度がある。いわゆる〈真祖〉と呼ばれる吸血鬼なのだろうか。

「綺翠が生まれるまえってことは、二十年以上も昔だよね。そのときはどうなったの？」

「今みたいに沢山の眷属《けんぞく》を増やして大騒ぎしていたらしいけれども、さすがに金糸雀が怒って、その〈根源怪異〉をボコボコにしてすべてを解決したそうよ」

「…………」

あの金色の賢者は、極めて温厚そうに見えたが怒らせると怖いらしい。

絶対に逆らわないようにしよう、と心に決める。

「金糸雀も命までは取らなかったようだけど……。結局〈根源怪異〉は能力の大半を奪われて、今も〈幽世〉のどこかを彷徨《さまよ》っているのだとか。お年寄りの中には、当時のことを覚えている人も結構いて、あのときの吸血鬼がまた街で悪さをしているんじゃないか、って怖がっているみたい」

なるほど。過去の騒動の再来ということか。

「実際のところその可能性は？」

「あり得ないわね。金糸雀に能力を奪われたのなら、もう一生そのままよ。今さら〈根源怪異〉が本来の力を取り戻すなんてことは絶対にないわ。たとえそれに月詠《つくよみ》が関わっていたとしてもね」

　金色の賢者には、妹である月詠の行動が認知できないらしいが、それでも月詠が金糸雀の能力を超えてくることはないらしい。

「じゃあ、少なくとも今回の件に、その吸血鬼の〈根源怪異〉は無関係ってことか」

「そうなるわね。よしんば何かしら関係があったとしても、吸血鬼に噛まれることなく〈感染怪異〉が発生する理由は依然として不明なままだわ。むしろ問題としてはそちらのほうが大きいもの」

　綺翠の言葉を聞いて、空洞淵は腕を組んで頷く。

「そのあたりの話も少しわかりにくいから、今のうちにまとめておきたいんだけど……。そもそも〈感染怪異〉というのは、人の認知から発生する怪異のことだよね？　吸血鬼の〈鬼人〉に噛まれた人が、新たな吸血鬼の〈鬼人〉になる、っていうのは、少し理屈がわからないんだけど」

「それは吸血鬼という怪異そのものが、話をややこしくしてしまっているわね」珍しく綺翠は小難しげに眉を顰《ひそ》めた。「吸血鬼という怪異の最大の特徴は、吸血衝動でも不死性でもなく、自発的に同類を増やすことができる、という点にあるの。これは一般的に認知されている怪異の中で、ほとんど唯一とも言える特徴よ。つまり、吸血鬼という怪異それ自体が感染性という要素を内包しているの。そして、その特徴はすでに人口に膾《かい》炙《しゃ》する形で認知されている——」

「——そうか。吸血鬼に噛まれた者もまた吸血鬼となる、という認知が存在するがゆえに、吸血鬼の〈感染怪異〉が新たに広がっていってしまうわけか」

　この世界の基本的な法則《ルール》を拡張しかねない怪異。

　なるほど、これは厄介だ、と思うと同時に、どこか矛盾しているような違和感も覚える。何か——と思考を巡らせようとするが、一瞬脳裏を過《よぎ》ったそれはすぐに霧散してしまった。空洞淵は諦めて話を進める。

「吸血鬼の特徴のことはわかったけど……一番の問題は、やっぱり〈感染怪異〉が吸血鬼を介さず不特定多数の人に広がっていることだよね」

　吸血鬼に噛まれた者が吸血鬼になるのは理解できた。

　しかし、吸血鬼に噛まれていない者まで吸血鬼になってしまう、というのは奇妙だ。

「本来の〈感染怪異〉の観点からすれば、それほど不思議なことでもないのかもしれないけど……。でも、誰々さんは吸血鬼かもしれない、みたいな疑心暗鬼が街中で蔓延しているというわけでもないんだろう?」

「そのはずだわ。少なくともこの私の庇護《ひご》下にある穂澄に吸血鬼の疑いが掛けられるなんてことはあり得ない」

八百屋のご婦人や、釈迦堂たちの反応からして、綺翠は街の人々から特別な存在として認識されているのは間違いない。その綺翠の妹である穂澄もまた一目置かれているようだし、綺翠の認識はおそらく正しい。

先ほど綺翠が、巫女だから大丈夫だと思った、と言っていたのはそのあたりからの類推なのだろう。

「これまでに、そういった噂以外の要因で〈感染怪異〉が発生した例はないのかな?」

「そうね……」

綺翠は記憶を辿《たど》るように小首を傾げて、細い指を頬に添えた。

「三年ほどまえ、ちょっとした出来心から、御巫神社で『幸運のお守り』を限定販売したことがあるのだけど……。即日完売して喜んだのも束《つか》の間《ま》、購入者の人がみんな通常では考えられない幸運に見舞われて少し焦《あせ》ったわね。金糸雀に怒られてすぐに回収したから大事にはならなかったけれども、あのまま放置していたら街中がパニックになっていたかもしれないわ」

「………」

さらりと披露されたエピソードだが、この巫女はなかなかあくどいことをやっているな、と空洞淵は少し引く。

「御巫神社で買ったお守りには御利益がある、という噂が広がった、ということかい？」

「もちろんそれもあるでしょうけど、この場合は、購入者がお守りの御利益を信じたために、『幸運のお守り』自体が〈感染怪異〉となってしまったのね」

澄まし顔で綺翠はお茶を啜った。

「人の認知が現実を歪めるのであれば、その対象は『もの』でもいいわけでしょう？人々が信じて願ったために、私が夜なべして適当に作った『幸運のお守り』が、本物の幸運を呼び寄せる〈感染怪異〉となってしまった、というわけ」

その出来事自体は如何《いかが》なものかと思うが、しかし『もの』が〈感染怪異〉を媒介することがある、というのは新しい発見だ。おそらく『幸運のお守り』のことを知らない人が、『幸運のお守り』を手にしてしまったとしても、この場合持ち主の認知に拠《よ》らず、このお守りは持ち主に幸運をもたらすラッキーアイテムになったはずだ。

改めてこの世界の法外さに、空洞淵は頭痛を覚える。

「……つまり、今回の場合に当てはめると、何らかの物品が〈感染怪異〉を惹起《じやつき》している可能性はあるってことだよね。本人の認知にかかわらず」

「そうね。たとえば吸血鬼に嚙まれることなく〈鬼人〉になった人はみんな、何か呪いの人形のようなものを持っていて、でも本人はそれを持っていると吸血鬼になってしまうことを知らない、ということは十分に考えられると思うわ」

雲を摑むような話だけど、と綺翠は珍しく辟易《へきえき》したようにため息を吐いた。

いずれにせよ、そのあたりはもう少し厳密に調査してみなければわからない。

とにかく綺翠の話を聞いて、今この〈幽世〉で起きていることが相当厄介であるということは十分すぎるほど理解できた。

そこでようやく空洞淵は本題へ入る。

「ねえ、綺翠。お願いがあるんだけど」

「なあに？」

「もし良かったら、次に吸血鬼の〈感染怪異〉を祓いに行くとき、同行させてもらえないかな」

綺翠は訝《いぶか》しげな視線を向けてくる。

「……それは何故？」

「もしかしたら、力になれるんじゃないかと思って」

そして空洞淵は、自身が〈現世〉で薬師のようなことをやっていたこと、今この〈幽世〉に医療機関が存在しないことに対する危機感を語る。

「——現状、綺翠たちのような〈感染怪異〉を祓える人の数に対して、吸血鬼の〈感染怪異〉が拡大しすぎてしまっているわけでしょう？　だから〈感染怪異〉を発現しながらも、手が回らず放置されてしまっている人が大勢いる」

空洞淵は先ほどの苦しげな穂澄の顔を思い出す。あんなふうに苦しんでいる人が、街にたくさんいるというのはあまりにも不憫《ふびん》だ。その現状をどうにかできるかもしれないのに、ただ指を咥《くわ》えてみていることが空洞淵にはできなかった。

「もちろん僕に〈感染怪異〉が祓えるわけではないけど……でも、苦痛を和らげて時間を稼ぐことくらいはできるかもしれない。〈治療〉を、この〈幽世〉の人々に行えるかもしれない」

空洞淵の言葉を熟考するように聞いていた綺翠は、真《ま》っ直《す》ぐに空洞淵の目を見返して問う。

「でも、ここは〈現世〉ではないのよ。特別な道具だってない。〈幽世〉へ来たばかりのあなたに何ができるというの？」

「少しまえまで〈幽世〉にも薬師がいたんだろう？　つまり薬は存在している。そして、おそらくそれは薬草の類《たぐい》だと考えられる。僕はね、漢方家——薬草を専門に扱ってきた薬師なんだ。だから、僕の知識はこの〈幽世〉でも役に立つはず」

「……薬草で〈感染怪異〉を治療しようというの？」綺翠は驚いたように目を開く。

「そんな話、聞いたこともないわ」

「漢方なら、それができる」

空洞淵は力強く答える。

漢方治療は、あらゆる疾病《しっぺい》の原因に因《よ》らず、ただその人の症状や主観的な訴え――〈証《しょう》〉を目標として治療を施す。

原因に因らないのだから、たとえそれが〈感染怪異〉であろうと、本人に何らかの苦痛の症状があれば、それを治療によって和らげることができるかもしれないのだ。

さすがに試してみなければ確かなことは言えないが――試さない理由はない。

「僕自身、昨夜一度〈鬼人〉に襲われてるわけだから、危険性に関してはそこそこ理解しているつもりだけど……。でも、僕にもできることがあるなら、〈幽世〉の危機に協力したい」

綺翠の目をジッと見つめて空洞淵はそう告げた。

重苦しい沈黙が、二人の間に満ちる。

「――わかったわよ」

不意に綺翠は、張り詰めた空気を弛緩《しかん》させるように微笑《ほほえ》んだ。

それはまるで、空洞淵がこういうことを言い出すことを予期していたかのような、歓喜と観念が入り交じった複雑な表情で、空洞淵は少し面食らう。

「明日から一緒にいらっしゃい。でも、危ないことはしないでね。ちゃんと私の言うことを聞くこと。それだけは絶対に守ってもらうから」

「ありがとう」空洞淵はひとまず胸をなで下ろす。「綺翠の邪魔にならないよう努めるよ」

「……何だかその聞き分けの良さが逆に不安だけど」綺翠は困惑を示しながらお茶を啜った。「まあ、空洞淵くんもいい大人なんだし、無茶はしないわよね」

それからお茶を飲み干して卓袱台へ茶碗《ちゃわん》を置いてから、改めて綺翠は尋ねる。

「それで、治療をするにあたって、何か必要なものはあるかしら。可能であれば融通してあげるけど」

空洞淵は少しだけ考えて答えた。

「それじゃあ近いうちに、今は閉まってるっていう、まえにやっていた薬処へ案内してもらえないかな」

# 第三章

# 進展

*I*

翌朝、ほとんど日の出と共に起きて、空洞淵《うろぶち》は綺翠《きすい》とともに問題の薬処《くすりどころ》へ向かう。空洞淵としては、それほど急ぎのつもりもなかったのだが、綺翠が「こういうのは早いほうが良いでしょう」と気を利《き》かせてくれたために、彼女の用事のまえに早速立ち寄ってみることになったのだった。

ちなみに穂澄《ほずみ》はというと、一晩寝たらすっかり元気になり、今日も一緒に行きたいとごねるほどだったのだが、大事を取って神社で安静にしてもらうことになった。御巫《みかなぎ》神社には結界が張られており、怪異の類《たぐい》は迂闊《うかつ》に近づくことも適《かな》わないのだとか。

やはり神社というのは、霊的に強いものなのかな、と空洞淵は勝手に納得する。ほんの数日まえまで無神論者だっただけに、自分の変わり身の早さに少し笑ってしまう。この〈幽世《かくりよ》〉に連れて来られて無神論者を貫けるほど、空洞淵は現実主義者ではないのである。

神社から体感時間で大体十分ほど歩いたところだろうか。森と街の狭間《はざま》のような周囲を木々に囲まれた土地に、その建物は突然現れた。

一見すると、朽ち果てた小屋だった。切妻造、というのだったか。子どもが戯《たわむ》れに描くような、垂直な四方の壁と、傾斜の大きい屋根を持つ、極めて一般的でありきたりな家屋だ。ただし老朽化が著しく、廃屋、もしくはあばら家といったほうが正確な向きはある。燈《あかり》先生なる以前の薬師《くすし》がいなくなってからもそれほど月日は経《た》っていないので、おそらく元々朽ちていたこの小屋をそのまま薬処として使っていたのだろう。

外壁には蔦《つた》が這《は》い回り、玄関上部には屋号が書かれていると思《おぼ》しき看板が飾られているものの、密集した蔦によってそれを読むことは適わなかった。

「――相変わらず、いつ来てもぼろっちぃわね」

綺翠は容赦なく断じ、それから玄関戸へ近づいて錠前を開けた。

「え、鍵《かぎ》持ってるの？」

とりあえず場所だけ教えてもらっておいて、あとで金糸雀《カナリヤ》あたりに鍵を融通してもらおうか、とぼんやり考えていただけにこの展開は予想外だった。

「この薬処は、代々御巫神社が管理しているの」

何でもないことのように言って綺翠は戸を開け放つ。かび臭い空気が満ちているものかと空洞淵は身構えるが、意外にもそれほどでもない。もしかしたら、綺翠か穂澄が定期的に空気の入れ換えをしに来ていたのかもしれない。

ずかずかと上がり込む綺翠に続いて、空洞淵も中へ足を踏み入れる。

中は外観ほど古びているわけではなさそうだった。畳は比較的新しいもののようだし、中央にぽつんと設置された囲炉裏も立派なものだ。

だが、それよりも何よりも室内の至る所に置かれた昔ながらの漢方道具に、空洞淵は目を奪われる。

薬研《やげん》や片手切《かたてきり》、石臼《いしうす》あたりは空洞淵でも使ったことがあったが、いくつか見たこともなければ使い方も想像できないものもありワクワクする。

慣れた様子で奥の戸も開け放し、空気の入れ換えと採光を行う綺翠を尻目《しりめ》に、空洞淵は早速、薬味箪笥《だんす》へ向かう。

予想どおり、〈幽世〉で利用されてきたのは日本漢方だったようで、薬味箪笥には生薬《しょうやく》名の書かれたラベルが貼《は》られており、空洞淵にも内容が理解できた。

ドキドキしながら、『麻黄《まおう》』と書かれた引き出しを覗《のぞ》いてみる。中にはしっかりと修《しゅう》治《ち》された麻黄が納められていた。丁寧に節まで取られており、何なら空洞淵のいた〈現《うつ》世《しょ》〉よりものが良い。虫が湧《わ》いている様子もないし、カビが生えているということもない。一度煎《せん》じてみなければわからないが、おそらくほとんどの生薬はこのまま使えることだろう。

空洞淵は、〈幽世〉での漢方治療に希望を持ち始める。

念のため痛みやすい生薬も確認してみる。大棗《たいそう》や地黄《じおう》は湿気を吸いやすいし、澤瀉《たくしゃ》などは特に虫が付きやすい。綺翠を待たせてしまっていることもあり、手早く確認する。

さすがに夏場ということもあり、いくつかは処理を加える必要がありそうだったが、致命的にどうしようもないものはなさそうで、ひとまず胸をなで下ろす。〈幽世〉へ来たばかりで右も左もわからない現状で、生薬の採集までは手が回らないからそのまま使用できるのは大変ありがたい。

「――空洞淵くん、興味の対象を前にすると目の色が変わる人だったのね」

呆《あき》れたような表情の綺翠がすぐ後ろに立っていた。

「ご、ごめん。つい昔ながらの調剤場を見て興奮しちゃって」

「空洞淵くんは何事にも動じない感じの大人だと思っていたから少し意外だったわ」綺翠は苦笑する。「男の人って、結構子どもっぽいところあるわよね。でも、私は好きよ、そういう無邪気な人」

改めて指摘されると恥ずかしい。照れを誤魔化すように空洞淵は、一度周囲を見回す。

「――うん。簡単に確認しただけだけど、このままここは使えそうだね。でも、僕みたいな部外者が、勝手に使って大丈夫なものかな？」

「それは気にしないで大丈夫よ。元々使っていなかったものだし、何よりこの私が許可を出すもの。それに空洞淵くんは、私の身内みたいなものだし、街の人たちにも部外者扱いはされないはずよ。だからもっと胸を張りなさい」

自信に満ちた口調でそう言って、綺翠は歩き出す。

「確認が済んだのであれば、早速、今日の現場へ向かいましょう。午前中だけで五ヶ所回る予定だから、空洞淵くんも気合い入れて付いてきてね」

「……お手柔らかに頼むよ」

体力に自信のない空洞淵は、早くも冷や汗を掻《か》きながら巫女《みこ》装束の女性の背中を追うのだった。

*2*

この日、最初に訪れたのは、極楽街の目抜き通りから外れたところに位置する中規模なお屋敷だった。この一帯は、比較的裕福な人が住んでいるのか、街並みも落ち着いた様子で閑静な印象だ。高級住宅街なのかもしれない。

来訪に際し、使用人ではなく当主自らによって三つ指を突いて迎え入れられたところからも、やはり綺翠がこの街で並々ならぬ畏怖《いふ》を集めていることが見て取れた。

早速、邸内に案内される二人。歩きながら、当主である初老の男性は、至極申し訳なさそうに語った。

「……巫女様のお手を煩《わずら》わせることになってしまい本当に申し訳なく思っておるのですが……娘の一大事に、私どもといたしましてもどうしようもなく……」

「どうかお気遣いなく。街に巣喰う邪悪な怪異を祓《はら》うのが、巫女の役割ですから」

さすがの綺翠も目上の人には敬語を使うらしい。妙なことに感心しながら、空洞淵は成り行きを見守る。

「吸血鬼となってしまったのは、お嬢様とのことですが……具体的にはいつ頃に？」

「はい。五日まえからにございます」男性は悲しげに答える。「幼馴染《おさななじ》みの酒屋の娘と買い物へ出掛けたようなのですが、戻ってきてから急に光が痛い、血が飲みたいなどと言い出しまして……。これは街で話題の吸血鬼に違いないと思い、すぐににんにくを食べさせ、今は土蔵のほうで安静にしております」

吸血鬼ににんにく――やはり、そのあたりの知識は一般にも周知されているようだ。

「にんにくを食べたら、落ち着いたのですか？」と綺翠。

「ええ、おかげさまで血が飲みたいとは言わなくなりましたが……顔色は青白く、牙《きば》も生え、ずっと苦しげに呻《うめ》いております……」男性は今にも泣き出しそうだ。「あの子は……ふみは、老いてからようやく授かった娘でして、私の宝物なのでございます……。巫女様……どうか、どうか何とぞ、あの子をお助けくださいませ……！」

縋《すが》りついてくる初老の男性に、綺翠は穏やかな笑みで答えた。

「ご主人、ご安心ください。御巫の巫女は、この〈幽世〉の守り手でございます。如何《いか》なる怪異にも、屈することはございませんので」

「おおっ……巫女様……！　ありがたや……ありがたや……！」

両手を擦《こす》り合わせて拝み始める男性だったが、そこで初めて空洞淵の存在に気づいたように、訝《いぶか》しげに空洞淵を見てから尋ねる。

「あの、時に巫女様。こちらの殿方はいったい……？」

「こちらは、空洞淵先生。私の遠い親戚《しんせき》で、この度〈幽世〉の新たな薬師として名乗りを上げてくれた者です。吸血鬼を薬で治療できるよう、ただ今実地に診察して回っているのです」

綺翠は、しれっと真顔のまま嘘《うそ》を吐《つ》く。確かに綺翠の親戚とでも言わなければ、如何にも怪しげな空洞淵などなかなか信用してもらえないだろう。嘘の説明に心苦しさを覚える空洞淵だったが、当の初老の男性は、至極嬉《うれ》しそうに頷いた。

「なんと……！　それは僥倖《ぎょうこう》です。燈先生がご不在の今、街の者は皆、不安に思っていたのでございます。空洞淵先生、今後とも何とぞよろしくお願いいたします」

「は、はあ……こちらこそ、その、お役に立てるよう頑張ります……」

人々の手放しの期待を、少し重荷に感じる空洞淵だった。〈現世〉では、時代遅れの漢方治療などまるで期待されていなかったので、そういう意味では気が楽だったのだけれども。

やがて空洞淵たちは、土蔵の前に到着した。正面扉には、意匠を凝らした南京錠《ナンキン》が取り付けられている。吸血鬼になってしまった娘は事実上、監禁されているようだ。人権意識の低さは気掛かりではあるが、下手なことをして吸血鬼を広めてしまう危険性を考えれば、この処置もやむを得ないのかもしれない。

なればこそ、このような不幸をこれ以上繰り返さないためにも、空洞淵は〈感染怪異〉治療に関する何かしらの活路を見出《みいだ》さなければならない。

決意を新たに、空洞淵は綺翠に付いて土蔵へ足を踏み入れる。

薄暗い土蔵を、心許《こころもと》ない蠟燭《ろうそく》の明かりだけを頼りに進んでいくと——最奥《さいおう》に布団《ふとん》が敷かれておりその上に、少女とも呼べるような若い女性が横たわっていた。少女の周囲には、きついにんにくの臭気が漂っている。おそらく定期的ににんにくを摂取しなければ体調が悪化してしまうのだろう。

意識があるのかないのかよくわからないが、荒い呼吸を繰り返し、ときおり苦しげに呻く少女の姿はとても痛ましい。思わず顔を背ける父親を土蔵の外で待機させてから、早速作業に取り掛かる。

「……吸血鬼を祓うまえに診察をしたいから、少し待ってもらっても良いかな」

「もちろん。元よりそのつもりよ」

綺翠は少女の枕元《まくらもと》に屈《かが》み込み、脂汗《あぶらあせ》の滲《にじ》む額をそっと手ぬぐいで拭《ぬぐ》ってやる。

「……意識はないみたいね。とても苦しそうだけど……何が苦しいのかよくわからないわね」

「話が聞けなさそうなのは残念だけど……できるだけのことはやってみるよ」

蠟燭の明かりでは足りなかったので、空洞淵は持ってきたスマホのライトを頼りに簡単な診察を始める。

まず顔色は、まるで死人のように青白い。犬歯の異様な発達と併せて、昨日の穂澄の状態とも一致しているように見える。続けて瞼《まぶた》を押し下げ、色を見る。光を疎《うと》うように顔を背けられてしまったのでじっくりは観察できなかったが、本来は赤い瞼の裏側が、薄いピンク色になっていたことからも、重度の貧血を発症しているものと推測できる。

それから脈を診る。沈《ちん》にして遅《ち》。そしてやや濇《しょく》。寸口《すんこう》、関上《かんじょう》、尺中《しゃくちゅう》共に力なく心許ない。鍼灸《しんきゅう》ならば六部《ろくぶ》定位《じょうい》で五臓の状態を診るところだが、空洞淵は漢方古方派なので、簡単な陰陽のバランスしかわからないし、それ以上の情報はノイズになるだけだ。

最後に腹診のため、腹部に触れる。胸脇《きょうきょう》や胸下に痞鞕《ひこう》はみられず、むしろ軟弱な感じだったが、小腹にはわずかな抵抗を覚える。また腹部全体に圧痛があるのか、軽く押すだけでも少女は苦しげに呻く。

元々薬剤師は診断をしないため、はっきり言ってそれほど細かいことはわからなかったが、漢方における診断手法は一通り頭に入っているので、記憶を辿《たど》って何とかそれを再現しながら、『証』を探っていく。

「……どう？　何かわかりそう？」

興味深そうに空洞淵の診察を眺めていた綺翠が尋ねてくる。少女の浴衣《ゆかた》の乱れを整えてから、少し考えて空洞淵は答えた。

「そう、だね。吸血鬼ならもっと人間を超越してるのかと思っていたけど、ことのほか身体《からだ》の感じは、普通の人間と変わりないみたいで良かったよ。これなら、ある程度『証』を絞り込めると思う」

「つまり、治療が可能だということ？」

「うん。まあ、実際にやってみないとわからないけど……」

綺翠は、そう、と僅《わず》かに顔を綻《ほころ》ばせた。

「それなら、ひとまずは一歩前進ということで喜びましょう。じゃあ、手っ取り早くこの子の吸血鬼を祓ってしまうから、空洞淵くんは少し離れて待っていてね」

綺翠は、小太刀を腰帯から抜いた。そして、鞘に納めたまま両手の上に載せ、まるで神へ献上するかの如く跪《ひざまず》く。

たったそれだけの所作で、空気が変わった。洗練された、一分の隙《すき》もないあまりにも美しい立ち居振る舞い。見ているだけで鳥肌が立つ。

たった今、御巫綺翠は人の身から、神に仕える巫女となった。

目を瞑《つむ》り、跪いて神への忠誠を誓うその姿は、神々《こうごう》しくすら映る。

巫女は、口元で何かを呟《つぶや》く。

「——祓《はら》へ給《たま》へ、清め給へ。守り給へ、幸《さきは》へ給へ」

小さいながらも明瞭《めいりょう》な発音。巫女の祝詞《のりと》以外は水を打ったような静けさの中——言霊《ことだま》が、結実する。

右手を柄《つか》に添えて、ゆっくりと抜刀する。抜き身の刀は、わずかに発光していた。

ごくりと。無意識に唾を嚥下《えんげ》した音が、やけに大きく聞こえる。

巫女は小太刀を大上段に構えて——一息で横になっている少女の頭上に振り下ろす。

びょお、と一筋の風切り音が空間を断裂する。

額の僅か数センチ上で切っ先は止まる。

直後、少女の身体から靄《もや》のようなものが一瞬立ち上り、そして虚空《こくう》に霧散していった。

「——恐《かしこ》み恐みも白《まう》す」

膝《ひざ》を突き、恭《うやうや》しく頭を下げながら、綺翠は小太刀を納刀した。その瞬間、張り詰めていた空気が一気に弛緩する。

どうやら——無事に祓いの儀式は終了したようだ。

「……お待たせ、空洞淵くん」

綺翠は、どこか疲労を感じさせる笑みで空洞淵を見やった。よく見ると顔には一筋の汗が流れていた。

「お疲れさま。その、こういう神事を初めて見たけどすごいものだね。正直感動したよ」

「……そう？　簡易術式だし、大したことはしていないのだけど――」

満更でもなさそうに手ぬぐいで汗を拭いた後、綺翠は懐《ふところ》から何かを取り出して、あげる、と空洞淵に握らせてきた。どうやらまた例の折りたたまれたお札のようだ。褒められて嬉しかったのかもしれない。

昨日も少し思ったが、この巫女は、普段冷静沈着で感情を表に出さないが、褒めると少しだけ喜びの感情を露《あら》わにするようだ。国の守り手としての責任感が、常の冷静を求めるのだろうけれども、僅かの隙に年相応の感情が零《こぼ》れるのは、見ていて好ましい気持ちになる。

「ところで、こんなことを聞くのも失礼かもしれないけど……ひょっとして怪異を祓うのってものすごく疲れるの？」

「……そうね。すごく、というほどではないけれども、気は遣うかしら」疲れを感じさせないためにか、綺翠はいつもの無表情を浮かべ直して答えた。「たとえば、これが悪さをした怪異とかなら、問答無用で叩《たた》き斬《き》れば良いから気も遣わなくて楽なのだけど、それだと結構痛いらしいのよね。だから、今回のように何も悪いことをしていない女の子の怪異を祓う場合には、痛みを与えないよう注意を払ってやっているの。その影響で、どれだけ頑張っても一日十件が限界なのよ。口惜しいことにね」

「そうか……綺翠も大変なんだね」

「心配してくれてありがとう。でも、私のことよりも今は街の女の子たちのほうが心配だわ。早く次の現場へ行かないと——」

そう言って綺翠は、どこか覚束《おぼつか》ない足取りで土蔵を出て行った。空洞淵もその背中を追うが、最後にちらりと布団の上の少女の様子を窺《うかが》ってみる。

先ほどまで苦しげだった少女の顔が、今は僅かに安らいだように見えた。

*3*

結局、午前中最後の吸血鬼祓いが終了したのは、昼の鐘が高らかに鳴らされてしばらくした頃だった。基本、移動手段が徒歩である〈幽世〉では、あまり効率良くあちらこちらへ赴けない。一応、籠《かご》と呼ばれる人力のタクシーのようなものもあることはあるが、綺翠は徒歩を好むようだ。

そしてすっかり疲れ果てた空洞淵と、さすがに疲労の色を隠せなくなってきた綺翠の二人は、遅い昼食を摂《と》るために、目抜き通りの茶屋へ入った。

幸いにしてその茶屋は、綺翠の行きつけらしく、あまり奇異の視線を向けられなかったので、空洞淵はほっとした。非常に人目を引く綺翠と連れだって歩くと、衆目を集めて少し居心地が悪かったが、追い追いこういうのも慣れていかなければならない。

気の良い女店主に茶漬けを二人前頼むと、去り際《ぎわ》に意味深な流し目を向けられて「――お兄さん、巫女様のこと頼んだよ」と言われてしまった。いったい何を頼まれたのかよくわからない空洞淵は、とりあえず「……どうも」とだけ答えておいた。あまり空気を読むのは得意ではないのである。

「――良いところでしょう？」

湯飲みを傾けて一息吐いた綺翠は優しげな口調で言った。

「ここは小さい頃からお世話になっているお店でね。こうしてよくお昼を頂いているのよ。鯛《たい》のお茶漬けと、食後のあんみつが最高なの」

「それは楽しみだ」

空洞淵も笑みを返す。確かあんみつは昭和の初期に考案されたスイーツだな、とぼんやり思い出す。もしかしたら、空洞淵のような〈現世〉からの闖入者《ちんにゅうしゃ》がこちらで広めたものなのかもしれない。

「少しゆっくりしよう。僕はまあ、どうにでもなるけど、綺翠に疲労で倒れられたらそれこそ大事だからね」

「気を遣ってくれてありがとう。そうね、せっかくだし私も一息吐かせてもらうわ。正直言うと、少し疲れちゃった」

素直にそう告げて、綺翠はため息を吐く。

「でも、これだけ頑張っても、吸血鬼は増える一方なのよね。本当に参っちゃうわ」

「根本的な部分での原因究明は必須《ひっす》だけど、現状、それがわからないんだから仕方ないよ。簡単な対症療法のほうも、ある程度目星が付いてきたし、少しは綺翠の役に立ててるかもしれない」

「え、もう何かわかったの?」綺翠は切れ長の目を僅かに開く。「対症療法、というのは具体的にはどのような感じになるの?」

「そうだね……」空洞淵も湯飲みを手に、頭の中で考えを整理する。「本来であれば、一人ずつ診断してそれぞれの症状に見合った薬を処方していかないといけないんだけど、今回は数が多すぎるから、いくつかの症例から共通点を抜き出して、〈吸血鬼証〉の大まかな概要を見出して、それに合わせて薬を決めていく感じかな」

「共通点というと……たとえば、女性が多い、とか?」

小首を傾《かし》げて綺翠は問う。

そう。どういう訳か、街の吸血鬼による〈感染怪異〉は、女性を中心として発生しているようだった。特に今日の午前中に回った五件は、すべて十代中盤から三十代後半の女性が吸血鬼の〈鬼人《おにびと》〉になっていた。綺翠に話を聞いたところ、これまでもほぼ九割以上が女性であり、男性の〈鬼人〉はほとんど見られないらしいこともわかった。

ただしこれは、自然発生のほうの〈感染怪異〉であり、吸血鬼に噛まれたことによる〈感染怪異〉では、もう幾分男性の割合が多いようだ。しかし、どちらの場合でも、傾向として女性が多い、という条件は無視できない事実だ。

「女性の吸血鬼が多い、というのは極めて重要な所見だよ。それに今診た五人だけでも、症状は似通ってる。やっぱり吸血鬼を疾病《しっぺい》と考えて治療を施すという方針は間違ってないと思う。治療薬にもいくつか当てがある。まあ、何度も言うようだけど、実際やってみて効果がなければ、絵に描いた餅《もち》なんだけどね」

いくら漢方理論に基づいて診断を確定して薬を出しても、それが当たるか当たらないかはまた別問題なのである。もちろんそれは、漢方薬だけでなく、西洋薬でも同じなのだけれども。

「でも、やっぱり情報収集は大事だよ。〈感染怪異〉の傾向から、根本原因にも当たりを付けられるかもしれないしね」

「そうなれば本当に万々歳だわ」綺翠はあまり期待していない様子で苦笑した。「いったい何が原因で〈感染怪異〉が広がっているのか……私には見当もつかないもの」

ちょうどそこで、茶漬けが運ばれてきた。運んできてくれたのは、先ほどの女店主ではなく、健康的に日焼けをした若い娘だった。意志の強さを表すような太めの眉《まゆ》が、凜々《りり》しい印象を与えている。

配膳後、すぐに立ち去るかと思いきや、少女はいつまでも空洞淵たちの側《そば》を離れない。少女は何かを言いたげに綺翠を見つめていた。それに気づいた綺翠は、柔らかく微笑《ほほえ》んで見せた。

「――私に何かご用かしら？」

すると少女は、一気に顔を上気させた。

「い、いえ、あの！　し、失礼しました！」

「良いのよ、謝らないで」普段のつっけんどんな様子からは考えられないほど穏やかに綺翠は続ける。「それよりも、何か私にお話があるのではないの？」

「そ、それは、その……！」逡巡《しゅんじゅん》する様子を見せるが、意を決したように少女は答えた。

「あの、巫女様！　ふみちゃんを助けてくださって、ありがとうございます！」

お盆を胸に抱えたまま、少女は勢いよく頭を下げた。

一瞬何を言われているのかわからなかったが、そういえば、午前中に綺翠が吸血鬼を祓った中に、ふみという少女がいたことを空洞淵は思い出す。

「私、ふみちゃんの幼馴染みなんです。あかねって言います。ふみちゃんが突然吸血鬼になっちゃって……苦しんでるのがわかるのに、私、何もしてあげられなくて……。だから一言、巫女様にお礼が言いたくて……！」

苦悩を見せながらも、少女──あかねは再び頭を下げた。

幼馴染み──あかねの言葉が空洞淵には気になった。

「ひょっとして、あの子が吸血鬼になる直前、一緒に買い物に行ったのはきみかい？」

思わず二人の間に割って入る。あかねは戸惑ったように空洞淵を見るが、綺翠の身内だと判断されたのか、すぐに頷《うなず》いた。

「……はい。あの日、ふみちゃんとお買いものに行ったのは私です。だから、あとでふみちゃんが吸血鬼になっちゃった、って聞いて本当にびっくりして……」

「その、改めて聞くようで申し訳ないけど、もちろんそのときにはふみちゃんにも特別なことはなかったんだよね？」

「はい。買い物と言っても、新作のお着物が出ると聞いて、二人で街を見て回っただけです。何も買わなかったし、おやつのお団子もわたしとふみちゃんで同じものを食べました。それなのに、ふみちゃんだけが吸血鬼になってしまって……私、ふみちゃんに悪くって……」

あかねはつらそうに下唇を噛《か》む。元気づけるように綺翠は彼女の肩にそっと触れた。

「大丈夫よ。あなたは何も悪くないわ。こちらの男の人は、空洞淵先生という新しい薬師なのだけど、今、私と空洞淵先生で、人が突然、吸血鬼になってしまうことの原因を探っているところだから、どうか安心してね」

「巫女様……ありがとうございます……！」

あまり安請け合いをするのもどうかと思ったが、悲しんでいる少女を勇気づけるためであれば多少は甘く見よう、と思う空洞淵だった。

落ち着きを取り戻したあかねが空洞淵たちの元を立ち去ったところで、二人はようやく遅めの昼食に取り掛かる。鯛の切り身と海苔《のり》がまぶされただけのシンプルな茶漬けだったが、出汁《だし》が香り高くとても美味《おい》しかった。

そういえば、鯛の切り身があるということは、この〈幽世〉にも海はあるのだろうか、という根本的な疑問を抱く。綺翠に尋ねてみようかな、と思う空洞淵だったが、せっかく綺翠ものんびりしているところに下らない質問をするのも悪いと思い、機を改めることにした。

幸か不幸か、〈幽世〉の滞在時間はまだたっぷりと残されている。

茶漬けを食べ終わり、一息吐いていたところで、あかねがあんみつの入った小鉢を運んできた。

「ありがとう、あかねちゃん」綺翠はまた営業スマイルを浮かべた。「私、ここのあんみつが大好物なの」

「そうなんですか！　ありがとうございます！」花が咲いたようにあかねは笑った。

「私も大好きなんです！　ふみちゃんもすごく好きで……！」

「じゃあ、ふみちゃんが元気になったら、食べに来るわね。私もよくこのお店を利用するから、もしかしたらばったり会うこともあるかもね」

「ふみちゃんすごく喜ぶと思います！」頰を紅潮させてあかねは身を乗り出した。「ふみちゃん、私もなんですけど、巫女様にずっと憧《あこが》れていて……！　ふみちゃんがあんなことになって素直には喜べないけど、巫女様とこうしてお話しできて嬉しいです！」

「そんなに畏《かしこ》まらなくても良いのに……。私なんてそんな大層なものではないわよ」

「そんなことないです！　巫女様はいつもお綺麗で、上品で、強くて……！　街中の女の子の憧れなんですから！」

鼻息も荒く力説するあかね。さすがの綺翠も恥ずかしそうに目を伏せる。

憧れを通り越してもはや尊崇の眼差《まなざ》しで、あかねは綺翠を見つめる。

ちなみにこの巫女は、昔小遣い稼ぎのために勝手にお守りを作って売って、国の一番偉い人に怒られたことがあるんだよ、と言って聞かせてやりたかったが、あまり少女の夢を壊すものではないと思い直して空洞淵は黙っていた。

あかねは陶然とした視線で綺翠を見つめながら続ける。

「特に巫女様のような色白の肌になれるように、みんな頑張ってるんですよ！　私は地黒なんであれですけど……ふみちゃんなんて、早く巫女様のようになりたくて、最近おしろいを使い始めたんですから！」

「それは嬉しいけど、私なんて目指すようなものでもないわよ。あかねちゃんもふみちゃんも、そのままでも十分すぎるほど可愛《かわい》いわ」

「――――？」

若い女性同士の何気ない会話。

それはともすればすぐに意識の外へこぼれ落ちてしまいそうなほどありふれた日常の光景ではあったのだが――それでも何かが空洞淵の意識の片隅へ引っ掛かった。

何か今、重要なことを思い出しかけたような――。

「空洞淵先生もそうですよね！」

記憶の泉に手を差し込んで、今にも沈みゆく何かを掬《すく》い上げようとしたところで、空洞淵の意識は現実へと引き戻される。

いつの間にかあかねに顔を覗き込まれていた。

さすがにボーッとしていて話を聞いていなかったとは言いづらい状況だったので、空洞淵は適当に話を合わせる。

「あー、うん。そうだね。そのとおりだよ」

するとあかねは、黄色い歓声を上げて喜んだ。

「やっぱりそうだったんですね！　私、お二人のこと応援していますから！　あ、すみません！　それでは、お邪魔にならないよう私はこれで失礼しますね！　どうぞごゆっくり！」

「………………？」

上機嫌に立ち去るあかねの背中を見送って、空洞淵は首を傾げる。

何の話だったのか、と綺翠に聞こうと思い彼女に向き直るが、綺翠は珍しく頬をわずかに染めて、恨めしそうな上目遣いで空洞淵を見つめていた。

「……空洞淵くん。そういう恥ずかしいことを平気で言える人だったのね。少し、見くびっていたわ。いえ、あの場では最適な切り返しだったのかもしれないけれども、あまり適当なことを言って変な噂《うわさ》が立ってもお互い面倒でしょう……？」

「………………？」

理解不能な反応だった。首を傾げる空洞淵に、綺翠はまた懐から取り出した何かを握らせてきた。

「……あげる」

綺翠はどこか照れたような、あるいは困ったような複雑な表情でじっと見つめてくる。

手元に視線を移すと、渡されたのはまたあの折りたたまれたお札のようだった。毎回微妙に形が違う。

中を開いてみるが、以前のものと同じ内容かどうかは全く判断がつかない。昨日もらったものも、結局持っていて毒虫になるようなこともなかったので、きっと呪《のろ》いのアイテムなどではなく、普通のお札なのだろう。綺翠の好意を無下にはできないので、今回もありがたく頂戴《ちょうだい》して懐に仕舞い込んだ。

ただ一連の会話の流れから、何故《なぜ》お札をもらったのかが理解できない。本心では、そのあたりの事情を詳しく尋ねたいところではあったのだが、何故か本能的に、今さらあのときの会話の流れを確認するのは悪手であるように感じたので、結局空洞淵は曖昧《あいまい》な笑みを浮かべたまま、すべてを誤魔化してあんみつに取り掛かることにした。

寒天の上に載ったあんこは、甘さが抑えられていて大変美味しい。

先ほど意識の片隅に引っ掛かった何かは、いつの間にかどこかへ行ってしまっていた。

## 4

陽も陰り始めて来た夕刻――。

空洞淵は一人で薬処の床に座布団も敷かずに座っていた。

そして、火のついていない囲炉裏を眺めながらぼんやりと思案に耽《ふけ》る。

午後に見て回った吸血鬼の〈鬼人〉も、午前中のものとほとんど大差はなかった。綺翠の話でも、これまでも傾向としては軒並み同じということだった。つまり、今日見て回った人たちを目標にして処方を決めていく、という最初の方針で問題はなさそうだ。

ちなみに午後は三件の現場を回ったところで綺翠に限界が来て、本日の怪異祓いの仕事はお開きとなった。終盤にはふらつき掛けていた綺翠を一旦《いったん》神社まで送り届けた後、空洞淵は一人で薬処までやって来ていた。

生薬の在庫の確認の意味もあったが、一番は、処方について少し一人で考えたかったというのが大きい。

頭の中で、今日見聞きした情報をまとめていく。

主訴は貧血。体力はかなり落ちており、高頻度で腹痛も併発しているようだ。吸血衝動や筋力上昇などの特殊な症状は一旦無視する。

さてこれだけの大雑把な見立てで、処方が決められるのか——。

『傷寒雑病論《しょうかんざつびょうろん》』の記述を、記憶の奥底から引っ張り出す。

**千金内補當歸建中湯治婦人產後虛羸不足腹中刺痛不止吸吸少氣或苦少腹拘急痛引腰背不能食飲產後一月日得服四五劑爲善令人强壯方**

「——まあ、妥当なところだよな」

『金匱要略《きんきようりやく》』婦人産後病脈証治より千金内補當歸建中湯《とうきけんちゆうとう》、近代では単に当帰建中湯と呼ばれる処方を引っ張り出して、空洞淵は一息吐く。

空洞淵たち〈古方派〉と呼ばれる漢方家が聖典としている『傷寒雑病論』という書物は、西暦二〇〇年頃、中国の名医、張仲景《ちようちゆうけい》によって記された医学書だ。この書物は、急性期疾患とその進行に応じた処方が記された『傷寒論』と、慢性期疾患の大別と処方が記された『金匱要略』から構成されている。

空洞淵が今、諳《そら》んじた条文は、『金匱要略』の中の、主に産後女性に頻発する疾病に関する項目に記されたもので、簡単に言えば、産後の出血等により体力が低下して、腹痛などを発してしまった患者には、当帰建中湯という処方が良い、というような内容だ。

当帰建中湯は、当帰、桂皮《けいひ》、芍薬《しやくやく》、生姜《しようきよう》、甘草《かんぞう》、大棗《たいそう》の六味の生薬から構成された処方だ。またこの処方には加減法と呼ばれる、症状に応じた生薬の増減調整がいくつか可能で、特に出血や貧血の酷《ひど》い場合には、地黄《じおう》と阿膠《あきよう》の二種類を追加することで、効能を増強することもできる。今回はこちらの加減法を選択するのがベターだろう。

ちなみに産後病、と大まかな括《くく》りにされているが、当然産後に限らず服用できるし、男性にも応用可能だ。特に主薬である当帰には、補血作用などが認められており、貧血になりやすい女性には頻用される生薬でもある。

比較的マイルドな処方でもあるし、とりあえず、このあたりで様子を見てみるのが妥当だろう。

考えをまとめると、空洞淵は早速準備に取り掛かる。

まず部屋の隅に置かれていた上皿天秤《てんびん》の具合を確認してみる。動きも滑らかで、使用に関して問題はなさそうだ。続けてその隣に置かれていた木箱に手を掛ける。中には金属製の見慣れぬ形の物体がいくつも収められていた。楕円形《だえんけい》で、中央部分が左右少し削られた、ひょうたんのような形の金属片だ。同形で、大小異なるサイズのものが並べられているところから、おそらく分銅なのだろう。

写真でしか見たことがないが、確か江戸時代に使われていた〈後藤分銅〉と呼ばれるタイプの分銅だ。分銅には、それぞれ『拾両』や『四分』などと記されているが、正確なグラム換算がよくわからない。

本来であれば途方に暮れるところだったが、幸いなことに一つだけ空洞淵にもわかる単位があった。『匁《もんめ》』だ。確か、五円硬貨一枚がちょうど一匁であり、その重さが三・七五グラムであったはずだ。

このような場合に備えて、念のため持ってきていた財布の中から、五円硬貨を一枚取りだして上皿の片方に載せ、反対側に『一匁』の分銅を載せ、比較してみる。

見事に天秤は均衡を保った。空洞淵は、続けてそれぞれの分銅の重さを確認していく。

どうやら十分が一匁で、十匁が一両のようだ。一匁を基準にすると、三・七五グラムずつ増えていくことになる。多少計算が面倒ではあるが、大体のグラム換算は理解できた。

確認が済んだので、早速空洞淵は調剤に入るため白衣を羽織る。偶然にも〈幽世〉へ来たときに持っていたバッグの中に新品の白衣を入れていたのだ。着物の上に白衣を着るのは慣れなかったが、借り物を汚さないためにも我慢するしかない。早速作業に取り掛かる。

薬味簞笥のそれぞれの生薬の場所を覚えるのが少し大変だったが、慣れてしまえば大したことではない。手早く十剤ほど調剤を終える。

そのとき、コンコン、と戸を叩く音が室内に響き渡った。集中していたため驚くが、すぐに立ち上がって空洞淵は戸へ向かう。

「——えへへ、来ちゃった」

意外なことに来訪者は、巫女装束の少女——穂澄だった。空洞淵は少し戸惑う。

「寝てなきゃ駄目じゃないか」

「お兄ちゃんもお姉ちゃんも心配性だなあ。もう全然大丈夫だって。二人のおかげですっかり元気なんだから」

確かに見た感じはもうすっかり元どおりの穂澄だった。まだ油断はできないが、多少は動き回っても問題ないだろう。

「それよりお兄ちゃん、こんな暗くなるまでどうしたの？　お姉ちゃん、心配してるよ」

穂澄は手にしていた提灯《ちょうちん》を空洞淵にかざしてみせる。言われてようやく、先ほどまで西日が差していた室内が随分と薄暗くなっていることに気づいた。集中しすぎて、全然わからなかった。提灯がやけに明るく見える。

「ごめん、迎えに来てくれたのか」

「そうだよー。まあ、半分は一日中ゴロゴロして身体が鈍《なま》っちゃったから、外へ出る言い訳を作りたかっただけなんだけど」

ぺろりと舌を出して見せる穂澄。年相応の戯《おど》けた仕草に、空洞淵も笑みが零れる。

「最初はお姉ちゃんにも止められたんだけど、お兄ちゃんのお迎えは行かなきゃだし、でもお姉ちゃんも疲れてたから、しょうがないにゃあ、って許してくれたよ」

しょうがないにゃあ、はたぶん絶対言ってない。

「まあ、穂澄が元気ならそれで良いさ。迎えに来てくれてありがとう」

「えへへ、どういたしまして」得意げに胸を張って、穂澄は室内へ足を踏み入れる。

「でも、お兄ちゃんお仕事の途中だったんでしょう？　お邪魔じゃなかった？」

「――大丈夫だよ、僕もそろそろ切り上げようと思っていたところだったから」

本当は百剤くらい作って行くつもりだったが、穂澄に気を遣って誤魔化す。それに生薬の在庫は心許なく、また実際、漢方治療にどの程度の効果があるのか未知数でもあるので、とりあえずは少量で様子を見ていったほうが良いだろう、と考えを改める。

空洞淵は、調剤した薬と荷物を手早くまとめる。

そして、戸締まりを確認してから、穂澄と共に帰路に就く。

いつの間にか日も落ちて、周囲にはすっかり夜の帳《とばり》が下りていた。夏だというのに、この世界の夜はどこか薄ら寒くすらある。

森の奥の深い闇《やみ》を見ると、大人の空洞淵でさえぞっとするのに、うら若い乙女である穂澄は、まるで夜を恐れる気配も見せず、いつもの調子であっけらかんと言う。

「でも、お兄ちゃんすごいよねえ。〈感染怪異〉をお薬で治しちゃおう、なんて普通考えないし、考えても普通できないよ」

「……別にすごくはないよ」

身に余る過大評価。空洞淵は正直に胸のうちを語る。

「たぶん〈現世〉からやって来て、医学の知識がある人なら誰でも考えつくんじゃないかな。それに、あくまでも仮説を立てて薬を決めただけだし、それが実際に効くかどうかはやってみないとわからないよ。僕はね、ただ無責任に現代知識をひけらかしてるだけなんだ」

「そんなことないよー」提灯を持って歩く穂澄は、にこやかに笑って空洞淵を見上げる。「お兄ちゃんすごい頑張ってるもん。だから、お薬もきっとすごくよく効くよー」

「…………」

この全肯定少女は、本当に男を駄目にするタイプだと思った。

ただ、空洞淵の抱えていた不安やわだかまりが、少し軽くなったのもまた事実だった。この世界へ来てからというもの、本当に色々な人に助けられているのだな、ということを改めて認識する。

そういえば、ずっと気になっていることがあったのだった。せっかくの機会なので尋ねてみる。

「ねえ、穂澄。これ、何だかわかる？」懐から取り出した鳥の形の紙片を見せる。

「あっ！　お姉ちゃんの特製護符！」穂澄は嬉しそうに声を弾ませた。「しかも三つも！　これ、お姉ちゃんからもらったの？」

「うん。何か急にあげるって渡されたんだけど……これ何？」

「ええと、わかりやすく言えばお守り、かな。めちゃくちゃ御利益《りやく》のある護符なんだけど、これ一枚作るのにものすごく時間が掛かるから量産できないんだよ」

「ひょっとして、大変貴重なもの？」

「うん。一枚一枚お姉ちゃんが手作りで、霊力を込めていくからね。中に赤っぽい字が書かれてなかった？　あれはお姉ちゃんの血なの。御巫の巫女の血には、すごく沢山の霊力が宿ってるんだって。私のは全然大したことないんだけどね」

どうやら本当に希少価値の高いものらしい。何もしてないのにそんなものを三つもいただいてしまって、本当に良かったのだろうか。

「お姉ちゃんは、本当に気に入った人にしか護符をあげないんだよ。しかも、短期間に三つももらった人なんて、今までいないはず。これはもう実質的な結婚の申し込みと言っても過言じゃないね！」

「それは確実に過言だと思うけど」

基本的に穂澄はものすごく良い子なのだが、結構重度の恋愛脳なのが玉に瑕《きず》だ。

まあでも、嫌われたり疎まれたりしているわけではなさそうなのは確かなようで、それは正直嬉しかった。空洞淵としても、綺翠のことは憎からず思っているわけで――。

そんな話をしながら、神社へ続く階段まで辿り着いたところで、その下に佇《たたず》んでいる人影に気づいた。

この〈幽世〉では珍しい、メイド服に身を包んだ、闇の中でもなお映える紅蓮《ぐれん》の髪を持つ少女――。金色の賢者に仕える侍女、紅葉《もみじ》だった。

「あ、紅葉ちゃん！　久しぶりー！」

親しげに声を掛ける穂澄。提灯を片手に、微動だにせず立ち尽くしていた紅葉は、空洞淵たちへ向かい一礼する。

「ご無沙汰《ぶさた》しております、穂澄様。空洞淵様もご健勝なご様子で何よりです」

「おかげさまで、どうにかやっているよ」

「さすがは空洞淵様でございます。お屋形様もさぞお喜びになるでしょう」

眉一つ動かさず、紅葉はわずかに小首を傾げた。綺翠もなかなかに感情が表に出ず、何を考えているのかよくわからないところがあるが、それでもこの少女に比べたらかなりましだろう、と空洞淵は密《ひそ》かに失礼なことを思う。

「ここで待っていた、ということは、僕らに何か用かな？」

「はい。お屋形様からの言伝《ことづて》を預かって参りました」紅葉は無表情のまま告げる。『主《あるじ》さまが本日お作りになりましたお薬を、紅葉へお預けくださいませ。わたくしが責任を持って、未《いま》だ治療を受けられずにいる吸血鬼の〈鬼人〉の方へお配りいたします』」

「――ああ、なるほど。それは、正直助かるな」

きっと例の千里眼で薬のことを知ったのだろう。薬を決め、調剤したはいいが、どうやって効率的に〈感染怪異〉の患者の元へ届けたら良いものかと、ずっと悩んでいたが、配薬を行ってもらえるのであれば、空洞淵も調剤のほうに専念できて一石二鳥だ。

「それじゃあ、是非ともお願いしたいけど……いくつか一緒にお願いしても良いかな？」

「承ります」

「じゃあ、まずは〈感染怪異〉を祓ってもらえるのが、五日以上先の人を十名選んで、一剤ずつ配布すること。年齢、性別、重症度なんかは問わないけど、一応、液剤が飲める程度の体力がある人でお願いしたい」

「承知しました」

「あとは飲み方だけど……。ねえ、穂澄。一合って、大体湯飲み茶碗《ぢゃわん》一杯分くらい？」

「うん。大体そのくらいかな」穂澄は顎《あご》に人差し指を添えて答えた。

どうやらこちらの体積単位も信用できそうだ。

「じゃあ、薬は一袋が一日分になるから、まずは琺瑯鍋《ほうろうなべ》や土鍋に一日分の袋の中身をすべて出して、そこに水を二合入れてそれが半分くらいになるまで煮詰める。それから濾《こ》し取った煎液《せんえき》を一日三回に分けて温服する感じかな」

確か原文だと、一斗を三升に煮詰めて飲む、みたいな感じなのだが、さすがに現実的ではない。今回は、直接の服薬指導ができないこともあって、半量法と呼ばれる簡易煎じ法を採用した。古方派といえども臨機応変にやっていかなければならないのである。

「煎じ薬は、初めは難しいだろうから、大体で大丈夫だから。まずは気軽な気持ちで続けてもらえるよう、伝えてもらえるかな？　あと、にんにくの摂取は一旦止《や》めるように。摂取しすぎると貧血を悪化させる恐れがあるし、何より生は胃を痛める。どうしても患者が苦しんでいるときだけ、一日一欠片《かけら》を上限に与えること」

「はい、畏まりました」

恭しく頭を下げて、紅葉は空洞淵から薬袋を受け取る。

「二、三日は、その十人に患者を絞って様子を見ていきたいから、状態の変化とかあったらすぐに僕に知らせてくれると嬉しいな。あと明日以降も薬は作っておくけど……きみが配薬で忙しいようなら、僕が〈大鵠庵《だいこくあん》〉まで運ぼうか？」

「いえ、ご心配には及びません。明日以降は薬処のほうへ取りに伺わせていただきます」

「……本当に大丈夫？　女の子には結構重労働な気がするけど」

紅葉は、穂澄と同じくらい小柄で腕も細いから少し心配になる。しかし、当の本人は相変わらずの無表情で答えた。

「力仕事は得意ですから」

言って、紅葉は背中を空洞淵たちの前に晒《さら》す。

今まで気づかなかったが、紅葉は巨大な鉞《まさかり》を背負っていた。金太郎が背負っているような、それはもう見事な鉞だった。おそらく空洞淵には持ち上げることすら困難な代物《しろもの》だろう。夜間外出用の武器にしても大仰が過ぎる。

そんな恐ろしい凶器を平然と背負っている時点で、やはりこの少女もまた人間ではないのだろう。ならば、体力のことは空洞淵の心配することではない。

「……わかった。よろしくお願いするね」

「はい、お任せくださいませ」

「それから、もう一つ金糸雀に言伝を頼みたいんだけど……。もし生薬が手に入る場所があるなら教えてもらえないかな？　実は在庫のほうが少し心許なくて……」

「畏まりました。確認を取り、すぐにお伝えいたします」

淡々と答えて、それでは失礼いたします、と紅葉は空洞淵たちの元を去って行った。

その小さな背中を見送ってから、穂澄はぽつりと呟く。

「紅葉ちゃん、落ち着いてて格好良いよねえ。私ももっと落ち着かないと」

「……いや、客観的に見て、あの子や綺翠は少し落ち着きすぎてるから。穂澄はそのままが一番良いよ」

「ええー、そうかなあ」

「そうだよ。きみくらいの年頃は、もっと色々なことを見聞きして、その都度感じた気持ちを素直に表に出していったほうが良い。そうやってね、情緒を育《はぐく》んで大人になっていくんだよ」

「お姉ちゃん、小さい頃から今みたいな感じだったけど」

「…………」

きっと情操教育に失敗したんだね、とは言えない。命の恩人に対してそんな無礼なことを言えるほど、空洞淵も社会性を捨てていないのである。

「綺翠はきっと、妹の穂澄がいたから、その責任感で早く大人になっちゃったんだよ。だから穂澄は余計なことは気にしないで、素直でいればそれでいいと思うよ」

「そうかなあ」

訝しげに首を捻《ひね》る穂澄だったが、考えるのに疲れたのか、何でも良いや、とあっさり話題を終わらせる。

「それよりおなか空《す》いちゃったし早くごはんにしようよ。今日はねえ、元気が出るように、ってうなぎもらっちゃったから蒲焼《かばや》きにするよ！　うなぎ捌《さば》くの久しぶりだなあ、上手《うま》くできると良いけど……。ほら、行こう！」

とても嬉しそうに、穂澄は空洞淵の手を引いて長い階段を駆け上がっていく。

うなぎを食べるのなんて何年ぶりだろうか、と思いながら、空洞淵は夕飯に期待を寄せて、若い力に負けないよう必死に足を動かすのだった。

# 第四章

# 収束

*I*

あれから一週間が経過した。

目が回るほどの忙しさだった。怒濤《どとう》のような日々、と言い換えてもいい。

空洞淵《うろぶち》は、薬処《くすりどころ》の囲炉裏の前に腰を下ろし、休憩にお茶を啜《すす》りながらここ一週間の日々を回想する。

結論から言うと、空洞淵の処方、当帰建中加地黄阿膠湯《じおうあきょう》は、吸血鬼の〈感染怪異〉に対して一定の効果を示した。

もちろん、〈感染怪異〉の根治には至らなかったが、苦痛を和らげる、という対症療法は患者の家族に大変喜ばれた。本格的に綺翠《きすい》たち祓《はら》い屋に祓ってもらうまでの間、少しでも苦しまずにいられるのであれば、それは十分に価値があることだ。様子見の十人から始まり、今では二百人以上の〈鬼人《おにびと》〉へ薬を処方している。

金色《こんじき》の賢者のお墨付き、というプラセボ効果があったにせよ、ここまで幅広く効果が観察されるとは思っていなかっただけに空洞淵も驚くが、とにかく効いて良かったと胸を撫《な》で下ろしたのも束《つか》の間《ま》、今度は薬の量産態勢に入らなければならなかったから大変だった。

調剤ができるのは空洞淵だけだったので、日の出から日の入りまでそれこそ馬車馬のように空洞淵は調剤を続けた。幸いなことに、金糸雀《カナリヤ》が必要な生薬を大量に手配してくれたため、調剤だけに集中することができた。生薬の代金を金糸雀から請求されることもなく、また薬自体も緊急事態により無料で配布しているため、この一連の活動は金糸雀が多大な負担を引き受けていることになるのだが、当の本人は「人々が救われるのであれば安いものでございます」とむしろ喜ばしげな様子だった。つくづく人間がよくできているな、と空洞淵は感心する。そもそも人間ではないのだけど。

そして、それからは日に三回、薬の回収と配布を紅葉《もみじ》に頼み、その甲斐《かい》もあり本日ようやく街中のすべての吸血鬼〈感染怪異〉患者の元へ一旦《いったん》薬が行き渡ったのだった。

まだまだ定期的に服薬は続けてもらわなければならず、また新たに〈感染怪異〉になる人だっているはずなので、調剤は続けなければならなかったが、それでも街のみんなも多少は安心したようだ。

ただ、落ち着いている今のうちに、早く吸血鬼の〈感染怪異〉の原因を見つけ出さなければならなかったのだが、そちらのほうの進捗《しんちょく》はあまり芳《かんば》しくない。

いくつか判明した事実といえば、空気感染や飛沫《ひまつ》感染などの、一般的な感染症に認められる感染経路は否定しても大丈夫そうだ、ということくらいだった。

いったい何が原因で、吸血鬼の〈感染怪異〉が自然発生してしまうのか……。それがわからなければ、この〈吸血鬼症候群騒動〉を収束させることはできない。そのあたりは変わらず悩みの種なのだった。

まあ、一般人である空洞淵にできることは、薬を作って少しでも〈鬼人〉に成ってしまった人の苦痛を和らげることだけだ。収束云々《うんぬん》は、綺翠たち専門家に任せておくしかない。

多少歯痒《はがゆ》くはあったが、やむを得ない。空洞淵は自分の役割を淡々とこなすのだった。

「――空洞淵くん。調子はどう？」

そのとき、薬処に綺翠が訪ねてきた。調剤を始めてからというもの、綺翠は空洞淵のことを気にかけ、こうして頻繁に様子を見に来てくれるようになった。何かとまだ〈幽世《かくりよ》〉での生活に慣れていない空洞淵としてはありがたかったが、正直、綺翠の貴重な時間を奪ってしまっているようで心苦しくも思っている。

ただその旨《むね》を綺翠に伝えてみても、「気にしないで、私がしたくてしてることだから」と澄まし顔ではぐらかされてしまうので、最近ではもう彼女のやりたいようにやってもらうことにしていた。

「いらっしゃい。今は休憩中だよ」

「そう。お邪魔するわね。穂澄もすぐに来るわ」

まるで我が家のような気安さで、綺翠は店内へ入ってくる。現在時刻は、昼過ぎ。ここ数日は、綺翠と穂澄が薬処を訪ねて来て三人で昼食を摂《と》ることが日課になっている。何だかんだ言って、空洞淵としては綺翠たちが訪ねて来てくれることが少し嬉《うれ》しい。

「さっき街で聞いたのだけど、ようやく吸血鬼の〈鬼人〉全員に一旦薬が行き渡ったみたいね。大したものよ」

「僕は調剤してただけだけどね。すごいのは、二百人以上に薬を配り歩いた紅葉だよ」

「もちろん、紅葉も頑張ってくれたと思うけど。それでも一番の功労者はあなたよ、空洞淵くん。正直、ここまでやるとは思わなかったわ。この私が認めているのだから、少しは誇りなさい」

恩人にそう言われてしまっては、誇らざるを得ない。空洞淵は苦笑する。

「……ありがとう。僕も頑張った甲斐があるよ」

「それにしても漢方というのはすごいものね。街のみんなも喜んでいて、私も鼻が高かったわ」

「漢方は原因が何であれ、症状で薬が決まるからね。効くかどうかは半信半疑だったけど、効いたみたいで良かったよ。ただ、治療したわけじゃない。あくまで僕は症状を和らげて、綺翠たちに祓われるまでの猶予を作っただけさ」

「そうは言うけど、燈《あかり》先生はそんなことしていなかったわ」

「いや、たぶんまえの薬師《くすし》の先生も、似たようなことをしてたんだと思うよ。たまたまそれが気づかれなかっただけさ。僕ら漢方家は、逆に原因がわからなくても何となく症状を緩和させたりできるから、きっと治療した人の中には〈鬼人〉の人もいたはずだよ」

「……そういうものかしら」あまり納得いっていない様子で、小首を傾《かし》げる。

そのとき、元気よく戸が開かれた。

「お姉ちゃんお兄ちゃん、お待たせ！　ちょっとご近所さんに捕まって遅くなっちゃったー」

バタバタと履き物を脱いで穂澄は板の間へ上がる。

「何ー？　二人で何のお話してたのー？　結納のお話ー？」

「――穂澄。空洞淵くんは、〈現世人《うつしよびと》〉で一人だし、御巫《みかなぎ》も今は、私と穂澄だけよ。だから結納は必要ないわ」

「それもそうだねー」

「いや、『それもそうだね』じゃないんだよ……」

そもそも結婚のけの字も出てきていない。この愛らしい妹は、何かにつけ空洞淵と綺翠をくっつけようとしてくるので油断ならない。先日など、穂澄に謀《はか》られてうっかり綺翠の入浴中に風呂《ふろ》に入りそうになったほどだ。しかもそのときは綺翠も綺翠で空洞淵をからかって、「――私は気にしないわ。少し狭いけど一緒に入る？」などと言い出したものだから、慌《あわ》てて浴室から逃げ帰ったのだった。

脳裏を過《よぎ》った綺翠の白い肩の記憶を、空洞淵は首を振って消し去る。

「――とにかく、ごはんを持ってきてくれてありがとう。今お茶を淹《い》れるから」

「あ、お茶なら私が淹れるよ」

「いいから穂澄は座ってて。ここではきみはお客さんなんだから」

慣れた手つきで、手早く三人分のお茶を淹れる。

囲炉裏の前には、穂澄が持ってきてくれた重箱が広げられていた。〈現世〉にいた頃は、もっぱら昼食はコンビニのおにぎりだったので、驚くべき差と言える。しかも食事を共にするのは、街でも評判の美人姉妹だ。この幸運の代償として、死後、神の裁きを受けるとしても文句はない。

三人で重箱を囲んでの食事が始まる。

梅干しのおにぎりを頬張りながら、空洞淵は尋ねる。

「――僕のことよりも綺翠のほうが心配だよ。毎日、限界まで仕事をしてるだろう。無理してないかい？」

「私は全然無理なんかしていないわ」

いつもの澄まし顔で答えるが、空洞淵がじっと顔を見つめているのに気づくと少し困ったように眉尻《まゆじり》を下げた。

「……そんな顔で見ないで。わかったわよ。あなたに嘘《うそ》は吐《つ》けないから正直に言うけど、結構無理をしてるわ。でも、無理をしないと祓いきれないのも事実だし、頑張るしかないでしょう？」

綺翠の主張は正しいが、それによって綺翠が倒れてしまっては元も子もないので難しいところだ。

「お姉ちゃん……ちょっと焦《あせ》ってる？」心配そうに尋ねる穂澄。

「焦ってるといえば、焦ってるわね」綺翠は正直に頷《うなず》いた。「早く原因を突き止めなきゃならないし」

「……やっぱりまだ原因はわからないままかい？」

「ええ、残念ながらね。相変わらず〈鬼人〉の共通点は、若い女性が多いってことくらいかしら。ひょっとしたら、夜な夜な丑《うし》の刻参りみたいな怪しげな儀式でもやっているのではないかしら……？」

訝《いぶか》しげな視線で妹を見やる。

「私はやってないよ!?　お姉ちゃん、変な言い掛かりはやめて!?」

焦ったように穂澄は姉の発言に抗議する。

「でも、確かに若い女の子が多いっていうのは、気になるよね。何か流行《はや》ってるおまじないとかお守りとか、そういうのがあるのかもしれないけど……私、あんまり流行とか知らないからなあ」

「…………？」

穂澄の言葉が、何故《なぜ》かひっかかった。理由はわからないが、少し気になる。

「流行ってるっていえば、お兄ちゃんのお薬はちょっと流行ってるかもね。なんかあのお薬、生理痛にも効くって聞いたよ。〈鬼人〉の家族の人が試しに飲んでみたら元気になったって」

「ああ、うん。そうだね。女性の腹痛全般に効くことが多いよ。まあ、必ず治るわけでもないんだけど」

むしろ本来はそちらの使い方が正しいのだけれども。

「へえ、大したものね」感心したように綺翠は呟《つぶや》く。「材料はその辺りの草や食べ物なのでしょう？」

「さすがにその辺りの草は使ってないけど……」

まれに使うこともあるが黙っておく。

「でも食べ物は多いね。今配ってる処方に入ってる大棗《たいそう》とか、ナツメの実を乾かして刻んだものだし」

「へえ、ナツメ使ってるんだ！　ナツメの砂糖漬け美味《おい》しいよねえ」

とろんと顔を緩ませる穂澄。しっかり者に見えて、甘いものに目がないところなんかは、年頃の娘らしくて愛らしい。

「じゃあ、元々ナツメには、お薬の効果があるってこと？」

「大棗には、強壮、鎮静作用があるって言われてるね。もちろん、それだけだと弱いから、いくつも生薬を組み合わせて作用を強くしてるんだけど」

「へえ、すごいなあ」穂澄は興味津々《しんしん》な様子だ。「じゃあ、にんにくも使うの？」

「にんにくは……僕の古方では使わないかな。らっきょうとか葱《ねぎ》だったらたまに使うけど。にんにくは主に民間薬だね」

「何でも良いわけではないのね」綺翠も興味を持ったように首を傾げる。「では、にんにくには薬の効果がないの？」

「うーん、一応、強壮、殺菌作用はあると思うけど……。味や臭《にお》いがきつすぎて、他の生薬と組み合わせられないから使われないのかもね」

そういえば、どうして古方でにんにくは使わないのかは、これまで考えたことがなかった。一部処方との併用が禁じられているため、無意識に頭の中の生薬リストから外していたが、実際問題にんにくの人体への影響はなかなか無視できないもののような気がするが……。漢方は奥が深いなと、と空洞淵は勝手に納得する。

「でも、漢方では使わなくても、にんにくは、近代医療では結構注目されてるみたいだよ。免疫力を上げるとか、一部のがんを予防するとか、色々な研究がされてたよ。ただ溶血作用――血を壊す作用があるから、食べ過ぎると逆に良くないとも言われているね。中でも面白いのは、にんにくに含まれる硫黄化合物の重金属に対する解毒《げどく》作用に関する記事で――」

学術雑誌の内容を思い出しながら語っていた空洞淵は、そこで思考が停止した。

突然言葉を止めた空洞淵に、綺翠と穂澄は不思議そうな顔を向ける。しかし、二人の視線を無視して、空洞淵はふと脳裏に閃《ひらめ》いた埒外《らちがい》な思考に没頭する。

光を嫌う吸血鬼。貧血と腹痛。女性に頻出。にんにくの摂取で寛解。ものを介して拡大する〈感染怪異〉の存在。周知された怪異。

そのすべてが――ある一つの結論を示唆《しさ》していた。

まさか、そんなことが本当にありうるのか……？

咄嗟《とっさ》に否定材料を並べてみるが、新たな論理によりそのすべては棄却される。

だとしたら、この〈吸血鬼症候群騒動〉の真相は――。

食べかけのおにぎりを手にしたまま、空洞淵は勢いよく立ち上がった。

突然の奇行に、綺翠たちは困惑しているが、今はそれどころではない。

「ねえ二人とも。今回、吸血鬼の〈鬼人〉になった男性の職業はわかる？」

「え、え……？　男の人の、〈鬼人〉……？　えっと、ちょっと待ってね、何かこのまえそんな噂話《うわさばなし》を聞いたような……」

穂澄は目を瞑《つむ》って両こめかみに人差し指を押し当てる。あのあたりに、記憶を想起するツボがあるのかもしれない。

「あ、思い出した！　一人しか知らないんだけど、確かね、歌舞伎《かぶき》の役者さんだよ！」

——歌舞伎の役者。

空洞淵の中で、すべてが繋《つな》がった。

「綺翠！　穂澄！　出掛けるよ！」

二人の返事も待たずに、空洞淵は早足で歩き出す。食べかけのおにぎりは口の中へ押し込んで無理矢理嚥下《えんげ》する。

「ちょっと空洞淵くん！　急にどうしたのよ！」

「お兄ちゃん！　ねえ、待ってよー！」

慌てて付いてくる二人。三人は並んで街へ向かって歩き出す。

「急に喋《しゃべ》るのを止《や》めたかと思ったら、しばらく考え込んで、そのあと飛び出して行くっていうのは、どういう了見なの？　せめて説明してよ」

珍しく感情を露《あら》わにして綺翠は、不平を述べる。空洞淵は、ちらりと彼女を見やり答える。

「〈感染怪異〉の原因がわかったんだ」

「……空洞淵くん、正気？」綺翠は訝しげだ。

空洞淵は力強く頷いて見せた。

「ああ、正気も正気さ。今のところは状況証拠しかないけど……そんな悠長なことを言ってる場合じゃないからね。とにかく急がないと。穂澄、案内よろしくね」

「ええっ⁉　私ぃ⁉」突然名前を出されて驚く穂澄。「ど、どこへ案内すれば良いの……？」

その問いに。

空洞淵は、真剣な眼差《まなざ》しで答えた。

「今、街で話題のおしろいを売っているお店さ」

*2*

昼時の目抜き通りは、相変わらずお祭りのような賑《にぎ》やかさだった。

空洞淵が配布している薬の影響もあるのか、どこか皆の緊張や憂《うれ》いも和らいでいるような気がする。

そんな中、美形巫女《みこ》姉妹と小袖《こそで》に白衣の男という奇妙な三人が走り出さんばかりに大急ぎで歩いているものだから、大変な人目を引いていた。普段ならば、穂澄は街のみんなから可愛《かわい》がられているため、歩くだけで方々から声を掛けられるものだが、今回ばかりは誰も彼女に声を掛けようとせず、遠巻きに様子を窺《うかが》うばかりだった。

穂澄の案内で、目的の商店に到着した。幟《のぼり》が立ち、今も例のおしろいを大々的に販売していることがよくわかる。

空洞淵は、店員の女性に、店主に取り次いでくれるよう声を掛ける。

ただならぬ気配を感じ取ったのか、女性はすぐさま店の奥へ引っ込み、間もなく店主と思《おぼ》しき、身なりの良い小柄な中年の男が飛び出してきた。

「こ、これはこれは……！　巫女様方に薬師の先生じゃありませんか……！　神社の皆様お揃《そろ》いで、本日は、どういったご用でございましょう……？」

「初めまして、御主人。僕は薬師の空洞淵霧瑚《きりこ》と申します。初対面で恐縮ですが、今日はお願いがあって参りました」

「お、お願い、でございますか……？　はて、それはどのような……？」

平身低頭しながらも、胡乱《うろん》な目を向けてくる店主。どう切り出したものか、と空洞淵は悩むが結局、単刀直入に告げる。

「こちらで販売されているおしろいが、現在街で問題になっている吸血鬼の原因である可能性が高いことがわかりました。よって販売の中止をお願いに参上しました」

「ちょっと空洞淵くん、いきなりすぎよ……！」

さすがの綺翠も気まずそうに割って入ろうとする。いつの間にか、周囲には人垣ができており、様子を窺っていた彼らから驚嘆の声が上がった。あまり大事《おおごと》にはしたくなかったのだが……やむを得まい。

いきなり訳のわからないことを言われ、一瞬不快げに顔をしかめるが、すぐに店主は商人らしいとってつけたような笑みを貼《は》りつけて答えた。

「これはこれは、異なことをおっしゃる……。おしろいが吸血鬼の原因だなんて、そんな馬鹿《ばか》げた話は聞いたこともございませんよ。何かの間違いではありませんか？」

「いえ、信じがたいでしょうが、そう考えると辻褄《つじつま》が合うのです。御主人は、今街で急増している吸血鬼に、若い女性が多いことをご存じでしょうか？　日常的にお化粧をし、おしろいを愛用される方々です」

「確かに、うちのおしろいを買って行かれる方は若い女性のお客様が大半ではございますが。それと吸血鬼と、いったいどのような関係があるのでしょう？」

やはりそのあたりの説明をしなければ納得してもらえないか。

話が煩雑《はんざつ》になるので、できれば簡単な説明だけで納得してもらいたかったが……さすがに売れ筋の商品を売るなと言われてただで頷くほど、商人は甘くないのだろう。自分や店員の生活が懸かっているわけだから、それも仕方ないのだけれども。

「――結論から申し上げます」

やむなく空洞淵は、この騒動の真相を語り始める。

「今回の吸血鬼騒動の原因は、吸血鬼ではなかったのです」

「吸血鬼ではなかった……？」

隣の綺翠は訝しげに首を傾げた。「いったいどういうことなの？　なら、私がこれまで祓ってきた〈感染怪異〉は、いったい何だったの？」

「いや、綺翠たちが祓ってきた〈感染怪異〉自体は、〝吸血鬼化〟という症状で間違いないよ。ただそれは、人々の誤った認知によって生まれたものであり、本質的に吸血鬼とはまったく別のものだったんだ」

そこで一度言葉を切り、空洞淵は話の視点を変える。

「ここで、一連の騒動を改めて振り返ってみましょう。今から一ヶ月と少しまえのことです。突然、吸血鬼に関する噂が流れ始め、それから吸血鬼は数を増やし始めました。ところが、この〈幽世〉に本来いたはずの本物の〈吸血鬼〉は、何十年もまえに力を失っており、本件とは無関係です。しかも奇妙なことにこの吸血鬼は、実質的な吸血行為の有無に因《よ》らず、どんどんと数を増やしていきました。それまで当たり前のように日常を過ごしていた人が、ある日突然、吸血鬼と成ってしまう。特定の噂などがないにもかかわらず、です。これは極めて異常な状況ですね。では何故、今回の吸血鬼騒動は、吸血行為を介さずにどんどん広がっていくのでしょう？」

「何故と問われましても……」憐《あわ》れな店主は、しどろもどろになりながら言葉を濁す。「妖怪《ようかい》、物《もの》の怪《け》の類《たぐい》は、我々一般人は与《あずか》り知らぬ話でございますよ。大抵その手のものは……勝手に生まれるものでございましょう？」

「そうですね。しかし、原因を考えることは非常に重要です。何故、それが生まれたのか。そこには、明確な理由がある。それが、この〈幽世〉の理《ことわり》です」

人々の認知が現実を歪《ゆが》ませるこの世界であるからこそ、そもそもの認知が生まれた原因が重要になってくる。

ここは何でもありの非常識な世界などではない。厳格な〈ルール〉に支配された、極めて常識的な世界なのだ。

「本来の吸血鬼とは、吸血行為によって仲間を増やす存在です。しかし、今回の騒動で吸血鬼の目撃情報は驚くほど少ない。吸血されていないのに増える鬼。これは矛盾です。この奇妙な不一致を解釈するには、発想の転換が必要です」

「発想の転換？」隣で綺翠が首を傾げた。「どういうこと？」

「つまりね――」空洞淵は乾いた唇を舐《な》める。

「そもそも吸血鬼ではなかったんだ」

周囲の聴衆から、どよめきが上がった。

確かに論理的に解釈するならば、そう判断するしかない。だが、その発想は直感に反するものだ。吸血鬼だと思われていたものが、吸血鬼ではなかった。ならば——人々が認知していたモノは一体何だったのか。

「人々の間で認知されていた〈吸血鬼〉の状態と酷似した、全く異なるモノ……それが今回の騒動の鍵《かぎ》です」

「それで……最初の話に繫がるのね」綺翠は艶《つや》っぽいため息を吐いた。「私が吸血鬼という実体そのものを追っていたのは、最初から誤っていたのね……。でも、それなら今回の吸血鬼騒動は、本当は何だったというの？」

空洞淵は傍らの綺翠に目を向けてから、改めて店主に向き直る。

「人々の間で本当に蔓延《まんえん》しているものは、吸血鬼なんかではありません」

そうして空洞淵は、僅《わず》かに口元を歪めて告げた。

「——ポルフィリン症です」

しん、と周囲が静まり返った。空洞淵が何を言っているのか、理解できなかったためだろう。沈黙を破るように、穂澄が恐る恐る尋ねてくる。

「ぽ、ぽる……？　そ、それはなあに？」

困ったように眉尻を下げる穂澄をなだめるように、空洞淵は微笑《ほほえ》みかける。

「ポルフィリンっていうのは、身体《からだ》の中にある、血を作るための大切な物質のことだよ。様々な理由から、上手《うま》く血が作れなくなることがあって、そうすると血が足りなくなったり、ポルフィリンなどの中間物質が身体に蓄積していったりと、色々身体にとって都合の悪いことが起きるようになる。その代表的な症状が、貧血や腹痛、そして光過敏症だ」

「……えっと、要するに今回みんなが吸血鬼だと思っていたのは、怪異ではなく病気だったの？」

「半分正解だ」空洞淵は頷く。「最初は、確かにポルフィリン症が原因でみんな体調不良になっていたんだと思う。でも、次第にそれが偶然街で知られる吸血鬼の特徴と一致して、いつしかポルフィリン症と吸血鬼の特性を併せ持った新たな〈感染怪異〉が誕生してしまったんだ」

おおっ、と周囲の観衆から驚嘆の声が上がった。

本来、腹痛などを主訴とする急性ポルフィリン症と、光過敏症などの皮膚症状を主訴とする皮膚性ポルフィリン症を併発することは稀《まれ》だ。だが、今回の吸血鬼騒動の関係者にそれらの症状が同時に現れているところを見ると、複数の認知が合わさって、新たな吸血鬼像となる〈感染怪異〉を人々が生み出してしまったと考えるほかない。

ただ現実世界において、ポルフィリン症と吸血鬼を結びつけることは明確な差別だ。

ゆえに空洞淵の現代的な人権意識が災いして、この簡単な真相に至るのが遅れてしまったとも言える。元より、本来異なる型のポルフィリン症の諸症状が、複合的に結びついて、新しい〈感染怪異〉になるなどとは夢にも思っていなかったのだから仕方がないのかもしれないけれども。

「お待ちください、空洞淵先生……」急な展開に戸惑いながらも、店主は説明を遮ってきた。「流行病《はやりやまい》を怪異と誤認したために、〈感染怪異〉が生まれた、ということならわたくしにも理解できます。しかし、それとわたくしどもの商いに、どのような関係があるというのですか」

「これは、単純な流行病ではないのです」空洞淵は穏やかに答えた。「明確な原因があり、それに起因した症状なのです。従って、その原因さえ取り除けば、流行病そのものを根絶できるのだと考えられます」

「ですから、その明確な原因とはいったい——」

「それが、おしろいなのです」

空洞淵の言葉に、店主も綺翠たちも驚いたように息を呑んだ。

「こんな初歩的なことに今まで気づかなかったなんて、本当に自分の馬鹿さ加減に呆《あき》れるばかりなのですが……すべての原因は、おしろいにあったのです。〈鬼人〉に若い女性が多いこと、数少ない男性の〈鬼人〉が歌舞伎役者だった、という二点の事実から、僕はそう判断しました」

「でも、空洞淵くん。どうしてそのおしろいが、流行病の原因になるの？」

不思議そうに尋ねてくる綺翠。きっと彼女は自身への畏怖《いふ》を利用して、周囲の様子を窺いながら、上手く聞き役に徹してくれているのだろう。こういう慣れない場では大変ありがたい。

「そのおしろいの中に、おそらく人体に害のある重金属が含まれているんだ。水銀、ヒ素、鉛あたりかな。ポルフィリン症はね、重金属の曝露《ばくろ》によって発症することもあるんだ。そして、その場合の症状はにんにくの摂取によって緩和されることがある。これは、にんにくに含まれる硫黄化合物が重金属の排出を促すからとされている。もちろん本当は即効性があるわけじゃないけど……たぶん、そのあたりもいわゆる吸血鬼像との併合で、効果の出が早くなったんだろう。ただし認知が生まれたその後は、重金属もポルフィリン症も関係なく、ただおしろいを使うだけで、〈吸血鬼化〉が起こっていたんだと思うけど」

空洞淵の説明に、どこからともなく感心したような唸《うな》り声が聞こえてくる。空洞淵は最後に結論を告げた。

「――以上の理由から、街で流行りのおしろいの中に含まれる重金属が原因となり、新たな吸血鬼像の〈感染怪異〉が生まれた結果、『おしろいを付けると吸血鬼になる』という潜在的な認知が広がった公算が高いことがわかります。つまり、おしろいの使用と販売を控えていただければ、自然とこの吸血鬼騒動は収まるというわけです」

店の前に集まった人々は、一度しんと静まり返る。説明の都合上、聞き慣れないカタカナ語や複雑な概念が絡《から》んでくるため、その場に居た全員に理解してもらえたかというと怪しいところだが……少なくとも全く理解してもらえなかったわけでもなさそうなので、空洞淵は様子を窺うことにする。論理的には、ほぼ完璧《かんぺき》な説明だったはずで——。

店主は腕組みをしながら小難しい顔で空洞淵の話を聞いていたが、神妙に眉を顰《ひそ》めながら反論してきた。

「——しかしですね、先生。急にそんなお話をされましても……巫女様の奇跡なら、確かに納得もできましょう。しかし、先ほど先生が話されたヒ素？……などは、本当におしろいに入っているのでしょうか。神秘や怪異は存在し、目に見える。けれど、見えないものを〈信じろ〉と言われても……」

人垣から、店主の主張に賛同する声が上がる。

「……」

——そう、これが幽世の現実だ。

論理がすべてに優先すると考えるのは、空洞淵の思い上がりにすぎない。

現実はもっと複雑で、様々な思惑や思想があって、混沌《こんとん》としている。

感情的に納得できなかったとしても、彼らを責める資格など空洞淵にはない。

確かに、流行っている以上、実際問題、このおしろいは人気商品で、街の女性たちから厚く支持されているのだろう。おしろいを使用していながら、幸いにも〈感染怪異〉を発症していない女性も大勢居るはずだ。

ここは〈幽世〉――科学よりも神秘が、論理よりも怪異が身近な世界なのだ。店主や物見の人々のように、空洞淵の説明に納得できなかったとしても、それは仕方がないことなのだ。空洞淵の論理は、彼らには届かない。

論理を積み重ねてここまで辿《たど》り着いただけに、空洞淵はもどかしさを覚える。

だが、空洞淵の仮説が正しければ、遅かれ早かれ、その人たちもいずれ必ず〈感染怪異〉を発症する。そうなってからでは遅いのである。

歯痒い気持ちに空洞淵は拳《こぶし》を固める。

本来であれば、実際におしろいを回収し、成分分析をして確証を得た後に販売中止を要求するのが筋だ。だが、満足な試験薬や実験器具も揃っていない〈幽世〉では、結果が出るまでに時間が掛かってしまう。時間が掛かるということは、それだけ患者が増え続けるということだ。

それを防ぐため一刻も早くと行動を起こしたために、せっかくの説明も説得力が薄れてしまったのだろう。少なくとも現状、空洞淵の説明は、何一つ証拠のないただの仮説にすぎない。

そんなものを長々と聞かされて、はいそうですか、と店主が商品を引っ込めると考えるほうがどうかしている。もちろん、店主だって悪意があってそれを行っているわけではないだろう。どこかで仕入れてきたものを捌《さば》いているだけなのだ。だからこそ、生活のためにも空洞淵の意見には従いがたい。悪いのは、店主を納得させられない空洞淵のほうなのだ。

「――ねえ、御主人。少しだけ、この人のお話に耳を傾けてもらうわけにはいかないかしら?」

見かねたのか、綺翠が助け船を出してくれる。

「この先生は、金糸雀にも厚い信頼を寄せられているの。急にこんなお話をされて驚いているのは理解できるけれども……。どうか街の人のためにも、協力してもらえませんか。せめて一週間、一時的に販売を止めていただくだけで構いません。もし、それで吸血鬼の数が減れば、この先生の言ってることが正しいと証明できるのですから」

「おお……巫女様、畏れ多いことでございます」店主は困ったように肩を落とす。「わたくしどもといたしましても、是非とも巫女様に協力させていただきたいところなのですが……しかし、もしその結果、何も変わらなければ、わたくしどもは一週間分の大損を被《こうむ》ることになります。その額は、一両……いえ、二両ほどになるかもしれません。ならば、その場合はその額を巫女様の神社が、わたくしどもに賠償してくださるのでしょうか。巫女様がそのようにおっしゃるのであれば、わたくしどもも従わせていただきたく存じますが」

「うっ……それはその」

思わぬ反撃に綺翠は言い淀《よど》む。二両と言えば、一年は遊んで暮らせるほどの大金だ。万に一つとはいえ、それを支払う可能性がゼロではない以上、おいそれと確約できるものではない。

店主は残念そうに俯《うつむ》いて首を振った。

「――神社でもわたくしどもの救済をしていただけないというのであれば、さすがに今このお話を受け入れることはできません。どうか一度お引き取りになっていただき、改めて条件を整えた上でまたご相談いただければ、わたくしどもといたしましても可能な限りの協力をいたしましょう」

分が悪くなってきたためか、次第に人垣からも奇異の視線を向けられ始める。

さすがにこの状況で強引に承諾を取り付けるのには無理があるし、下手なことをして神社の悪評でも立ったら今後の怪異祓いにも不都合が出てくるかもしれない。

だが、ここで引いてしまったらまた新たな〈感染怪異〉が出てしまう。

だからこそ、一日でも早くおしろいの販売を中止させ、おしろいが危険なものであるという認識を周知させなければならないというのに。

ならば。

論理の限界を超えるため、少し無茶をするしかないか。

「——御主人。もしも、こちらのおしろいを使用することで、吸血鬼になる、という具体的な〈神秘〉をご覧に入れれば、販売の中止に協力していただけるのですか？」

念のための空洞淵の質問に、店主は手を揉《も》みながら笑顔で答える。

「ええ、ええ。もちろんですとも、先生。わたくしどもといたしましても、吸血鬼騒動には心を痛めております。もしも、このおしろいがその原因とわかったならば、直ちに先生のご指示に従い、販売を止めることをお約束いたしますよ。決して先生に意地悪をしているわけではない、ということだけはご理解ください」

「わかりました。ご迷惑をお掛けして申し訳ありませんでした」

空洞淵は、一度深々と礼をする。

「では、ご迷惑のお詫《わ》びとして、おしろいを一つ、売ってはいただけませんか？」

「おお、それはもちろんでございますとも」

にこにこ笑顔でおしろいを渡してくる店主。空洞淵は代金を支払い、商品を受け取る。

貝殻を模した綺麗な陶器の器。

そっと蓋《ふた》を開けてみると、中は真白い粉で満たされている。

すべての元凶を一瞥《いちべつ》して、空洞淵は覚悟を決める。

「……ねえ、綺翠」

「なに？　空洞淵くん」

「疲れが溜《た》まってるところ本当に申し訳ないんだけど、今日あと一人くらい、〈感染怪異〉を祓う元気残ってたりする？」

「突然どうしたの？　それはまあ、一人くらいは余裕だけど」

意図を読みかねているのか、綺翠は胡乱げに空洞淵を見つめる。

言質《げんち》が取れた空洞淵は、わずかに微笑んだ。

「なら――後は頼んだよ」

言って。唐突に空洞淵は、器の中身の大半を口に放り込み、腰に下げておいた竹筒の水で無理矢理飲み下した。

＊＊＊

突然、おしろいを口に放り込むという空洞淵の奇行に、綺翠は慌てる。

「ちょっと空洞淵くん！　何やってるのよ！」

もし、空洞淵の仮説が正しければ、おしろいは毒ということになる。皮膚からゆっくりと吸収されるならまだしも、直接取り込んだとあれば、何が起こるかわからない。

しかし、本人は苦しげに膝を突きながらも、綺翠を片手で制した。見ていろ、ということなのだろうか。綺翠には、医療の知識がないので空洞淵が何をしようとしているのか理解できない。いや、たとえ知識があったとしてもこの行動は意味不明だろう。

どうしてこんなことをするのか……。どうすることもできず見守る中、地面にうずくまった空洞淵は小刻みに震え始めた。

「お兄ちゃん、しっかりして！」

見かねて穂澄が空洞淵に駆け寄る。周囲の人垣も何事かとざわめき始めている。

さすがの店主もこの展開は予想していなかったようで、おろおろしながら空洞淵の様子を窺う。

いつしか空洞淵の震えは止まっていた。無事、なのだろうか。

皆の視線を一身に集めながら——空洞淵はゆっくりと顔を上げる。

先ほどまで血色の良かったその顔は、死人のように真っ白になっていた。

人垣の誰かが息を呑んだ。

空洞淵はゆっくりと周囲を見回してから、にやりと口元を歪めて笑った。

唇の隙間《すきま》から、先ほどまでは見られなかった鋭い犬歯が覗《のぞ》いていた。

その姿はまさに、今巷《ちまた》で話題になっている吸血鬼に他ならない。

まさか空洞淵は、自らの身体を使って、おしろいが吸血鬼の原因であることを証明するつもりなのか――。

ようやく真意に気づいた綺翠は、空洞淵霧瑚という男の静かな覚悟に畏怖を覚えた。人ならざる怪異の跋扈《ばっこ》するこの〈幽世〉にあっても、そんな人知を超えた選択を平然と行う存在などほとんどいない。常軌を逸しているとさえ言える。

「きゃっ！」

穂澄の小さな悲鳴。いつの間にか空洞淵は、介抱をしてくれていた穂澄を地面に押し倒していた。まさか、血を吸う気なのか――。

半ば無意識に綺翠は空洞淵に体当たりをくらわせる。体重差はあったが、幸いにも勢いがついたおかげか、穂澄から離れた空洞淵はゴロゴロと地面を転がる。すかさず綺翠は飛び掛かり、そのまま空洞淵へ馬乗りになった。

空洞淵は、信じられないような怪力で藻掻《もが》き、綺翠の拘束を逃れようとする。いくら怪異祓いの専門家とはいえ、あまり長く拘束しておくことはできないだろう。

ふと、先ほど聞いた言葉が脳裏を過った。

『なら――後は頼んだよ』

そういうことね――と、すべてが腑《ふ》に落ちる。

なるほど空洞淵はこうなることを見越していたのか。

そして空洞淵がこんな危険な最終手段に出てしまったことの一因は自分にあると、彼女は悔いていた。

あのとき、店主の提案を素直に受け入れていれば、こんなことにはならなかったはずなのだ。綺翠が二両ほどを出し渋ったばかりに、空洞淵は自らの身体を使っておしろいの危険性を示すしかなくなってしまった。

綺翠とて空洞淵のことは、それなりに信用しているつもりだったが——それでも最後まで彼のことを信じきることができなかった。

そのために、彼は今苦しんでいる。

綺翠のせいで。綺翠のために。


——ごめんなさい、空洞淵くん。


判断は一瞬。

綺翠は、両膝《りょうひざ》を使って上手く空洞淵を拘束しながら、白鞘《しろざや》小太刀の柄《つか》に手を添える。

霊刀——御巫影断《みかなぎかげたち》。

御巫神社に代々伝わる、あらゆる怪異を断つことができる霊刀である。

本能的に危機を察したのか、尋常ならざる力で空洞淵は綺翠をはね除《の》けた。まさかあの状態から力尽くで拘束を解かれるとは予想外だ。空中に投げ出されながらも、くるりと回って体勢を立て直した綺翠は、そのまま音もなくふわりと着地する。

吸血鬼化した空洞淵は、綺翠をこの場の唯一《ゆいいつ》の敵と見なし、鋭い眼光を飛ばしてくる。

厄介ね――と綺翠は独りごちる。

これまで祓ってきた吸血鬼の感染怪異は、おしろいという肌に触れるものから発生したものだったためか、比較的表面的に祓うことができていた。怪異としては軽かったと言い換えてもいい。

だが目の前の空洞淵は、感染怪異の大元を飲み込んだ結果、怪異が深い。

いくら〈御巫影断〉が、怪異のみを選択的に斬《き》ることができる霊刀とはいえ、身体の深部にまで効果をもたらすには、その力を十二分に引き出さなければならない。

もしも霊刀の覚醒《かくせい》が不十分な状態で空洞淵を斬ってしまったら、彼は死ぬ。

それだけは、絶対に避けなければならない。

――やるしか、ないわね。

右手で霊刀を抜き放ち、左手は小さな神楽鈴《かぐらすず》を取り出す。

呼吸を整え、精神を集中する。

しゃん、と乾いた鈴の音が大気を震わせた。

襲い掛かってくる吸血鬼。その手には鋭い爪《つめ》が伸びている。人など簡単に切り裂いてしまいそうな一振りを、綺翠は舞うように躱《かわ》した。

——掛《か》けまくも畏《かしこ》き　伊邪那岐大神《いざなぎのおほかみ》

唄《うた》うように、紡《つむ》がれる祝詞《のりと》。

周囲の空気が、荘厳《そうごん》な気配を宿していく。

異変に気づいたらしい吸血鬼が、激しく爪を振るう。

されどその双爪《そうそう》は、巫女に触れることすら能《あた》わず。

虚《むな》しく空を切る。

——筑紫《つくし》の日向《ひむか》の　橘《たちばなのを》小戸《ど》の阿波岐原《あはぎはら》に

しゃん、しゃん、と。規則的な律動で鈴の音が響く。

そこでようやく吸血鬼は、綺翠がただ攻撃を躱しているわけではなく、神楽を舞っているのだと気づいたらしい。舞を中断させるために、両腕を広げて体当たりを繰り広げる。

たん、と軽く大地を蹴《け》り、綺翠の身体は高く空に舞った。

しゃん、しゃん、しゃん。

地面を這《は》う吸血鬼をあざ笑うように、天を跳ぶ巫女の神楽は続く。

——御禊祓《みそぎはら》へ給《たま》ひし時《とき》に生《な》り坐《ま》せる祓戸《はらへど》の大神等《おほかみたち》

音もなく着地。その瞬間を狙《ねら》った吸血鬼の足払いも、まるで児戯のように軽く躱す。淡い光を放ち始める刀身。尋常ならざる力の気配に、吸血鬼の攻撃は益々激しさを増していく。

——諸諸《もろもろ》の禍事《まがごと》　罪《つみ》　穢有《けがれあ》らむをば

急所を狙った不可避の三連爪。目にも止まらぬ三次元的な連撃も、綺翠は苦もなく見切る。明らかに人を超越した反応速度。神懸かっているとさえ言って差し支えない。

——祓《はら》へ給《たま》ひ　清《きよ》め給《たま》へと白《まを》す事《こと》を聞《き》こし食《め》せと

神楽とは、『神座《かむくら》』——つまり、『神の宿るところ』という意味を持つ。

『岩戸隠れ』の際、天宇受賣命《アメノウズメノミコト》が神懸かりにより舞ったことを起源とする最古の神事。

すなわち神楽とは、舞を奉納し、神を降ろすのだ。

今、綺翠の身体には、掛けまくも畏き神が宿っている。

なれば、人を超越するもまた必定――。

――恐《かしこ》み恐《かしこ》みも白《まを》す

祝詞の奏上は完了する。

完全詠唱による霊刀の解放。今の〈御巫影断〉に斬れないものはない。

神楽鈴を仕舞い、抜刀から今、初めて綺翠は両手で構えを取った。

切っ先を吸血鬼に定め、刀身は水平に。

右足と右半身を連動させて後ろに引く。

刃は天に、峰は地に。

左半身のみで敵対する、それは必殺の構え。

氷のように冷たい闘志を纏《まと》わせ――彼女は一振りの刀と化す。

気圧《けお》されたように躊躇《ちゅうちょ》を見せる吸血鬼。だが、いずれにせよこの場を逃げおおせるには、目の前の存在を倒すほかないと判断したのか、再び一足飛びで向かってくる。

大地を縮めたかのように、刹那《せつな》で肉薄する。最高速で繰り広げられる鋭い爪の一撃。決まれば綺翠の華奢《きゃしゃ》な身体など跡形もなく消し飛びかねないほどの威力が籠《こ》もったそれを、彼女は真っ向から受けて、吸血鬼の水月——鳩尾《みぞおち》を狙って刺突を放つ。

攻撃の刹那、綺翠は空洞淵を見やる。普段は温厚で、何をしても怒らなそうな人なのに、今は理性を失って、怒りの形相をしている。

その姿に、胸が締めつけられそうになる。

空洞淵くん、今、楽にしてあげるから。

綺翠は、この危機的状況下において、ようやくこれまで胸の内に燻《くすぶ》っていた不思議な感情の正体に思い至る。

——そう。これが……そうなのね。

胸の中に湧《わ》き上がった、温かな感情に今は蓋をして。

綺翠は柄を握る手に力を込める。

躊躇《ためら》いはない。

芸術の域にまで達した至高の一撃は、それが当然であるかのように吸血鬼の身体に吸い込まれていった。

根元まで深々と腹部を刺し貫かれる吸血鬼。そのままだらりと力なく手足を投げ出して、吸血鬼は——空洞淵は、完全に活動を停止した。

周囲から悲鳴が上がった。

それはそうだろう。一見して、それは綺翠が空洞淵を殺したように見えるのだから。

だが――。

綺翠はそっと小太刀を構えた右手を引く。空洞淵の背中に生えた鋭い刀身がゆっくりと姿を消す。やがて空洞淵に埋まっていた小太刀が完全に引き抜かれる。鈍色《にびいろ》に輝く刀身には、血の一滴すら付いていない。それは刺し貫かれた空洞淵も同様だった。

どよめきが走る。

致命傷を負ったはずの空洞淵が、その実怪我《けが》一つしていないのだから、それも致し方ないだろう。真の力を解放した〈御巫影断〉は、この世ならざるモノだけを斬る。つまり、実体のある空洞淵には傷一つ付けることなく、その身体の深部に発生した怪異のみを切り結び、祓ったのだ。

額に浮かんだ汗を、綺翠は無造作に袖で拭《ぬぐ》う。

さすがに疲労の色が隠せなかったが、先ほどまで死人のようだった空洞淵の顔に血色が戻りつつあるのを見て、少しだけ元気を取り戻す。

どうやら無事に――空洞淵の怪異は祓われたようだ。

綺翠は、そっと空洞淵を地面に横たえさせてから、小太刀を納刀する。

周囲の人垣の喧噪《けんそう》はますます大きくなっていた。

「――ということです。これで、おしろいの危険性をご理解いただけたでしょうか」

今の一連の騒動を見ていて、おしろいが吸血鬼と無関係だと考えるのは無理がある。狙いどおり、空洞淵の身体を張った作戦は奏功したらしい。

慌てた様子で穂澄が空洞淵に飛びつく。そちらは妹に任せて、巫女装束の乱れを整えてから店主に改めて向き直った。

「ひっ……！」

冷たい視線を向けられ、声なき悲鳴を上げる店主だったが、すぐに観念したように項《うな》垂《だ》れる。

「……承知しました。直ちに販売を中止し、街中に使用中止の告知をいたしましょう。よもやこのようなことになるとは思ってもおらず……薬師の先生や巫女様には多大なご迷惑を……」

「――気にしないで。別にあなたが悪いわけでもないのだから」

「いえ……わたくしどもの商いは信用第一でございますから……。此度《このたび》の騒動の一因が、わたくしどもにあると広まれば、お客様も離れていかれることでしょう……。自業自得《じごうじとく》と、受け入れます……」

先のことを憂えたのか、店主はほとんど泣きそうな声で呟く。

「しかし……おしろいの在庫はまだ大量にございますし……このままでは店を畳まなければならなくなります……」

「それは……お気の毒に」

さすがの綺翠も店主に同情してしまう。確かにこの男は、商品を右から左へ流していただけであり、決して意図的に吸血鬼を広めてやろうなどと大それたことを考えていたわけではないのだ。ならば、この男も吸血鬼騒動において別の意味での被害者ということになる。

救済のためにも、神社でおしろいをすべて買い上げてあげようか、とも考えるが、自分たちにも生活があるのであまり無茶なことはできない。特に穂澄は食べ盛りだ。ひもじい思いはさせられないし、と綺翠が頭を悩ませ始めたところで――。

「――もし」

穏やかな、春の日差しのように優しい声が響く。

あまりにも場違いで、最初、誰のものかわからなかった。綺翠は声のほうへ視線を向ける。

人垣のさらに向こうからのもののようだ。声量はそこまでではないものの、不思議と心地良く通る声だ。

何故か次第に周囲が色めき立つ。ゆっくりと人垣が割れていき、やがて白い洋風の日傘をさしたその人物の姿が見えた。

「なっ……どうして……っ！」

思わず言葉を呑む。

何故彼女が、突然街へ現れるのか。

混乱の中、綺翠はただただ不意に現れた人物に目を奪われる。

少女のような小柄な体軀《たいく》を、彩《いろど》り豊かな十二単《じゅうにひとえ》で包んだ三ツ目の女性。

そう。それは〈幽世〉で知らない者はいない金色の賢者――金糸雀に他ならなかった。

周囲の野次馬でさえ、半ば呆然《ぼうぜん》とした様子で、国生みの賢者を見つめている。

皆が驚くのも無理はない。何故なら金糸雀は、基本的に根城である〈大鵠庵《だいこくあん》〉から外へ出ることはないとされているからである。国で一番近しいはずの綺翠でさえ、〈大鵠庵〉の外でこの金色の賢者の姿を見たのは数回ほどしかない。

金糸雀は、ゆったりとした歩調で店主の前まで歩み寄ると、日傘を閉じて一礼した。

「ご機嫌麗《うるわ》しゅう、富士崎《ふじさき》。この度はご迷惑をお掛けしてしまい、本当に申し訳ないことでございました」

目の前の光景が理解できないのか店主（富士崎というらしい。金糸雀は街のすべての人間の名前を記憶している）は惚《ほう》けたようにただただ金糸雀を見つめていたが、すぐにその非礼に気づいたのか、勢いよく地べたに平伏した。

「め……滅相もないことでございます……！　賢者様、どうか何とぞ、何とぞ頭をお上げくださいませ……！」

「わかりました。では、どうか富士崎も頭をお上げください」

さすがにこの〈幽世〉において、金糸雀に逆らえる人間など存在しない。

言われるままに、富士崎は勢いよく顔を上げた。

突然神社の三人衆に変な言い掛かりを付けられ、気がついたら国の最高責任者まで現れるという不幸に見舞われた店主に、綺翠は少し同情してしまう。

「話は聞かせていただきました。富士崎、この度はとんだ災難でしたね。しかし、主《あるじ》さまのおっしゃるように、吸血鬼の原因となるおしろいをこのままにしておくわけには参りません。そこで、一つ提案がございます」

穏やかに、あくまでも上品に、金糸雀は小首を傾げて微笑んだ。

「今あるすべてのおしろいの在庫をわたくしが買い取りましょう」

「ちょっ……お、お待ちください、賢者様！」富士崎はまた地面に頭を擦《こす》りつけんばかりの勢いで頭を下げる。「賢者様にそこまでしていただくわけには参りません！」

「いえ、良いのですよ。今回の一件には、わたくしの愚妹が関わっております。身内の過《あやま》ちは、身内であるわたくしが責任を持って償わせていただきます。——紅葉、お金を」

「こちらにご用意してございます」

主の圧倒的存在感の陰に隠れていたメイド服の少女、紅葉は、どこからともなく取り出した一抱えはある袋を富士崎へ渡す。少女は軽々と持ち上げていたが、実際に渡された富士崎はたたらを踏む。きっと想像以上の金貨が詰め込まれていたのだろう。

「ご迷惑をお掛けした、そのお詫びも含まれております。どうかお納めください」

「ははっ！　ありがたき幸せにございます……！」

再び平伏した後、富士崎は在庫を取ってくるためか、店の奥へと消えていった。

「さて――」

そこでようやく金糸雀は、地面に倒れ伏す空洞淵へと視線を向け、歩み寄る。

「穂澄、少々代わってくださいまし」

「あ……うん、どうぞ」

明らかな戸惑いを見せながらも、穂澄は頷く。

介抱していた穂澄に代わって、金糸雀は空洞淵の上半身を起こして支える。

「――まったく。主さまは無茶をなさいますね」

どこか愛《いと》おしげにそう呟いて、金糸雀は袂《たもと》から硝子《ガラス》の小瓶のようなものを取り出した。

中には黒い液体が満たされているように見える。

いったい何をするつもりなのか。綺翠を含む、すべての聴衆が固唾《かたず》を呑んで見守る。

するとやおら、金糸雀は小瓶の中身を口に含み、そのまま意識を失っている空洞淵と唇を重ねた。

「――っ!?」

誰もが息を呑んだ。

それは、二つの意味で衝撃的な光景だった。

一つは、数百年を生き、この世界を生んだ国生みの賢者とも呼ばれる高貴な存在が、人前で、しかも普通の人間の男性と口づけを交わすなどとは誰も考えたことすらなかったから。

そしてもう一つは、その普通の人間の男性は、今この場にいる神社の巫女と恋仲であると今や街中で噂の人物だったからだ。

誰もが不敬にも好奇の視線を向け始める中、長めの口づけを終えた金糸雀は名残惜しそうに空洞淵から離れる。

「――穂澄。今、念のため、主さまが街で配っているお薬を飲んでいただきました。これで問題ないかとは思いますが、しばしの看病をお願いいたします」

「あ……う、うん！　わ、わかったよ！」

突然の口づけは、年頃の穂澄には刺激が強すぎたらしい。赤面しながら慌てた様子で少女は頷く。

周囲を唖然《あぜん》とさせたまま、金糸雀は空洞淵の介抱を再び穂澄に任せて立ち上がる。

そして、ようやく改めて綺翠を見やる。蒼玉《そうぎょく》の瞳《ひとみ》は、どこかいたずらっぽい光をはらんでいた。

「綺翠。主さまは素敵な方です。あまり悠長なことをしていると——どこかの誰かに奪われてしまうかもしれませんよ」

「なっ——!?」

思わず言葉を呑む。しかし、綺翠のそんな狼狽《ろうばい》もすべて見越していたかのように、金糸雀はにっこりと微笑むのみで何も言わない。

金糸雀の背後には、いつの間にか紅葉が大きな包みを抱えて立っていた。どうやら在庫の受け渡しが終了したようだ。

呆然と立ち尽くす周囲の人々を今一度眺め回してから、金糸雀はまた上品に一礼した。

「——それでは皆様方。ご機嫌よう」

再び白い日傘をさし。

厳《いか》ついまさかりを背負う従者を従えた金色の賢者は、静々と去って行った。

その小さな背中を見送ってから、穂澄はぽつりと呟いた。

「ね、ねえ、お姉ちゃん」

「——何かしら、穂澄」少し気まずい。

「い、今の金糸雀の、その、せ、接吻《せっぷん》ってさ、お兄ちゃんにお薬を飲ませてあげるために仕方なくやったことであって、それ以上の意味なんて……ないんだよね？」

「――――」

一瞬返答に窮する。人命救助のために仕方なく、という理由にしては、随分と親愛の情の籠もった口づけだったような気もするし、何より相手はあの金糸雀だ。どのような意図をもっているのか……正直読み切ることは難しい。

それでも綺翠は、穂澄の情操教育のためにこう答えた。

「――もちろんそうに決まっているでしょう？　あの金糸雀が、人間の男に口づけするなんて、それ以上の深い意味なんてないわ」

「そ、そうだよね！」

どのような意図によるものか、目に見えて安堵《あんど》する穂澄を眺めて、綺翠は内心でため息を吐いた。

（……こんな公衆の面前で、金糸雀はいったい何を考えているのよ。それに空洞淵くんも満更でもなさそうな顔で）

極めて理不尽な言い掛かりで、綺翠は渦中の薬師を見下ろす。

当の空洞淵は何も知らない脳天気な顔で寝入っていた。

そこでふと、無意識に空洞淵の唇へ視線を向けている自分に気づき、慌てて視線を逸《そ》らす。

そういえば、以前金糸雀からこんな話を聞いたことがある。

〈現世〉の異国では口づけのことを『キス』と呼ぶのだと。

口づけと同じ意味の言葉の音が含まれる、綺翠という自分の名前が妙に気恥ずかしく思えてしまう。

こんなこと、今まで一度だってなかったのに。

空洞淵が来てから、どうにもままならないことが増えた気がする。

自らの唇にそっと触れてみる。

滑らかで柔らかなそれは、僅かに熱を帯びていた。

# 第五章

# 真相

*1*

吸血鬼騒動の原因をおしろいと突き止め、一悶着《ひともんちやく》起こしたあの日から、再び一週間が経過した。

空洞淵《うろぶち》としては、丁寧に論理を積み重ねた末のおしろい販売中止という結論だったわけだが、それが論理よりも神秘が先行するこの世界においてどのような変化をもたらすかという部分については予測不可能であったため、その後の成り行きを注視していたのだが……。

幸いなことに、あれ以降目に見えて新規の吸血鬼の数は激減しているようで、ひとまず胸をなで下ろしていた。ただそれと同時に、何故《なぜ》か最近、街を歩くと人々から奇異の視線を向けられることが多くなったのは気掛かりだ。

おしろいを飲み込んだことで変わり者扱いされているのかとも思ったが、どうにもそれだけではなさそうで、ならば他に何か変わったことでもあったのだろうかと綺翠《きすい》たちに尋ねてみても曖昧《あいまい》な言葉と態度しか返ってこないため、不思議は募るばかりだった。街の人の間で何らかの秘密が共有されているような気配もするし、どうにも居心地が悪い。

そういったこともあり、ここ数日はあまり街のほうへは行かず、ひたすら薬処《くすりどころ》に籠《こ》もって調剤を続けていた。新規の吸血鬼の数が減っているとは言っても、すでに〈感染怪異〉になってしまい、祓《はら》い屋に祓ってもらうのを待っている人はまだ大勢居るため、薬の需要は依然として高止まりのままだった。

そんな薬作りに没頭する日々を送っていた空洞淵であったが、ようやく今日になって多少目の回るような忙しさも和らいできた。

そして忙しいときは余計なことを考えている暇もないが、少し心に余裕ができると、これまで考えないようにしてきた問題を考えるようになってしまう。

空洞淵は、仕事の片手間に、一連の騒動で腑《ふ》に落ちないことについて思考を巡らせる。おしろいの店で諸々《もろもろ》語ったときは気にならなかったが、時間が経《た》つにつれ、自分の推理の疑問点に気づいたのだ。

それは——そもそも何故、ポルフィリン症と吸血鬼が結びついてしまったのか、ということだ。

というのも、今回の騒動では、まずおしろいを長期間使用し、含まれていた重金属の中毒になってしまった人がポルフィリン症を発症して貧血や光過敏症となり、それを端から見ていた人が、吸血鬼だ、という認知を持ったがために発生した〈感染怪異〉のはずだ。

つまり、当然最初のほうの発症者は吸血衝動を持っていないし、吸血行為は行っていないのだ。

ならば、貧血で血色が悪く、光過敏症を呈しているだけの人を見て、それを即座に吸血鬼と結びつけるのは、少々早計と言えるのではないだろうか。

ところが綺翠は、ある日突然、吸血鬼が現れる、という噂《うわさ》が立ったと言っていた。そしてそのときすでに、吸血鬼は吸血衝動を持っていたようで、実際街では襲われたという被害者も出ていたと。

本来であれば、〈原因不明の日光を嫌う人々が、実は吸血鬼なのではないか〉という噂がある程度広まったあとで初めて、彼らは吸血鬼の〈鬼人《おにびと》〉となり、吸血衝動を獲得するはずなのに——実際はそうではなかった。

ポルフィリン症だけでは生まれるはずのない吸血鬼が、何故か初めから吸血衝動を持った存在として噂になっている。

つまり、結果と原因が逆転している。

では、この気持ちの悪い不一致を、矛盾なく解消するにはどうすれば良いか。

解法はいくつか考えられるが、もっとも自然なものは、初めに現れた吸血鬼と、その後おしろいによる重金属中毒を素因として街で大量に発生した吸血鬼が別物である、という解釈だ。

突如現れた吸血鬼が街の人を襲い、街中で吸血鬼に対する恐怖心が発生していたという下地が前提として存在していたがゆえに、ポルフィリン症の人を吸血鬼と誤認してしまったのではないだろうか。

だがその場合当然、始まりの吸血鬼はいったい何者なのか、という疑問が出てくる。この〈幽世《かくりよ》〉に元々いた吸血鬼の〈根源怪異〉は、金糸雀《カナリヤ》によって退治され力を失っているらしいので、今回の件には無関係だろう。

では如何《いか》にして、〈始まりの吸血鬼〉は、吸血鬼たる〈感染怪異〉を獲得したのか――。

いくら考えてもその謎《なぞ》だけが解けない。

喉《のど》の奥に何かが閊《つか》えたような不快感を抱えたまま仕事を続けるが……そこに意外な来客があった。

「やあやあこれはこれは、空洞淵の旦那《だんな》。お元気そうで何よりです」

玄関先には、黒衣に濃紫《こむらさき》の袈裟《けさ》を着け、顔には人好きのする笑みを貼《は》りつけた男――釈迦堂悟《しゃかどうさとる》が立っていた。薬処を始めてから一度だけ顔を出していたが、それ以降音沙汰《おとさた》なしだったので、少し驚く。

「いらっしゃい。何かご用かな？」

「いえね、用というほどのものではないのですが……。その節はご挨拶《あいさつ》だけでしたので、いつぞやのお詫《わ》びにこうして菓子折を持参した次第でして、はい」

釈迦堂は、手にしていた風呂敷《ふろしき》包みを軽く掲げる。

「もしよろしければ、少し茶飲み話でも如何《いかが》でしょう？　檀家からいただいた良い茶葉もお持ちしております」

そういえば、昼食時からしばらく経っているので少し小腹も減った。〈現世《うつしよ》〉であれば、小宮山と共にそろそろコーヒーブレイクに入っていた頃合いだろう。

疲労も溜《た》まっていたので、空洞淵は釈迦堂の誘いを受け入れる。

手早く茶を入れ、手土産の大福を食べていると、釈迦堂が何の気なしに言う。

「しかし、此度《このたび》の騒動収束は実に見事でしたね。街でも旦那のお話はよく耳にします」

「尾ひれが付いてないといいけど……」

大したことをしていないので正直心苦しく思う。あまり持て囃《はや》されても、空洞淵にできることなどたかが知れているのである。

「謙虚ですねえ」釈迦堂はにこにこしている。「旦那のそういうところ、好きですよ」

「……もしかして、また何か企《たく》らんでる？」

「企むなんて滅相もない！　だって旦那、巫女《みこ》殿だけじゃなくて、国生みの賢者殿とも親しくしていらっしゃると小耳に挟みましたよ。そんなヤバい人に手を出すほど私も命知らずではありません。というか、もはやこの〈幽世〉で旦那に悪さをしようなんて考える輩《やから》は、一人たりともおりませんって」

何だか空洞淵の知らないところで話が大きくなっているようで不安だが、面倒事に巻き込まれないのであれば、それに越したことはない。

そんなことより、と釈迦堂は話題を変える。

「此度の吸血鬼騒動ですが……果たして本当にこれで解決で良いのでしょうか」

「……というと？」

「いえね、些細《ささい》なことかもしれませんが、少々気になっていることがありまして」

間を取るためか、一度茶を啜《すす》ってから釈迦堂は続ける。

「旦那は、この騒動で最初に目撃された吸血鬼をご存じですか？」

「最初の？」

「ええ。鬼の面を被《かぶ》った白髪の吸血鬼なのですが」

思いがけない言葉に狼狽《ろうばい》する。

「……それなら、〈幽世〉へ来ていきなり襲われたよ」

空洞淵は〈幽世〉へ連れて来られた夜に遭遇した命の危機を思い出し、顔をしかめた。

綺翠が、最初の吸血鬼は女の子しか狙《ねら》わなかった、というようなことを言っていたのでまったく考慮にも入れなかったのだが……なるほど、最初に会っていたというわけか。というか、あれが〈始まりの吸血鬼〉なのであれば、説明の際に教えておいてくれれば良いものを。相変わらず綺翠は、言葉が足りていない。

「ははっ、それは不運でしたねぇ」まるで他人事《ひとごと》のように笑った。「旦那がご存じなら話は早い。実はその面の吸血鬼なんですがね、未《いま》だに祓われてないんですよ。今でもちょくちょく目撃証言や、襲われたという被害報告が上がっているのですが、どうにも他の吸血鬼連中とはひと味違う感じで、祓おうとしても信じられない運動能力ですぐに逃げられてしまうんです」

それは、空洞淵も実際に目にしているからわかる。鬼の面を着けた女性は、人ならざる怪力や跳躍を見せ、綺翠から逃げていた。

「これは私の勘ですがね、アレは他の吸血鬼とは由来が違うんじゃないかと思いまして。アレをどうにかしない限り、この吸血鬼騒動は真の意味での解決を見せないのでは――と愚考しているのです」

話の終わりに法師は再び、ずずっ、と美味《うま》そうに茶を啜った。

釈迦堂の仮説は、空洞淵の仮説とも通じるところがある。確かに〈始まりの吸血鬼〉が、別の要因によって発生した吸血鬼なのだと仮定すれば、今のところ矛盾なく現在の状況を説明できる。

「――で？」

「で、とは何でしょう？」

「きみがわざわざ自分の仮説を話すためだけに、菓子折を持ってここへ来るとは思えない。何か僕にやらせたいことがあるんだろう？」

意外なことでも言われたかのように釈迦堂はわざとらしく目を丸くするが、すぐにいつもの捉《とら》えどころのない笑みを浮かべ直す。

「――さすが、旦那に腹芸は通じませんか。よろしい、では回りくどいのは止《や》めて、本題に入りましょう」

居住まいを正して空洞淵を真《ま》っ直《す》ぐに見つめた。

「六道《りくどう》、という家をご存じですか？」

「六道……？　いや、聞いたことないけど」

「この〈幽世〉に古くからある名家です。なかなか気難しい一族でして、あまり街のほうとも接点を持たず、森に構えた豪邸でひっそりと暮らしています」

大福の最後の欠片《かけら》を嚥下《えんげ》し、お茶を飲みながら空洞淵は話を聞く。

「つい先日のことになりますが……そこの現在の当主、禄郎《ろくろう》氏から内密に私のところへお祓いの依頼が来たのです。娘が吸血鬼かもしれないので様子を見てほしいと。名家ですからね。私も、お布施が期待できると意気揚々と六道家へ馳《は》せ参じた次第なのですが……少々困ったことになりまして」

「困ったこと？」

「ええ。私の見立てでは、彼女は吸血鬼の〈鬼人〉ではなかったのです。吸血鬼化もしていません」

「〈鬼人〉ではない……？」空洞淵は眉《まゆ》を顰《ひそ》めた。「なら当主の思い過ごしだったってことで良いのでは？」

「いえ――」釈迦堂は神妙な顔つきで首を振った。「ところが困ったことにですね……そのお嬢さん、おそらく〈始まりの吸血鬼〉なのです」

「……は？」

意味がよくわからない。直前の発言と矛盾している気がするが……。

しかし、釈迦堂は冗談を言っているふうではなく、至極真面目《まじめ》な顔で続ける。

「身体的特徴が、〈始まりの吸血鬼〉とほぼほぼ一致しているのですよ。私も一度だけかの吸血鬼と対峙《たいじ》したことがありますが、あれほど強烈な印象の存在を見間違えるほうが難しいです。その他の方の目撃証言とも一致していますしね」

「でも、あの吸血鬼は鬼の面で顔を隠してるんじゃ……？」

「そうですね。顔が確認できない以上は、軽々に断言できません。ただし、その鬼の面はお嬢さんの部屋に当たり前のように飾ってありましたが」

「じゃあ、状況証拠だけでほぼ確定でしょう」

「ええ。私はそう踏んでいます。しかし――なればこそ、意味がわからない。何故あのお嬢さんに、吸血鬼化が起こっていないのか」

「――――」

確かに状況証拠だけが揃《そろ》っているのに、肝心の吸血鬼化が起こっていないというのは何とも不可解だ。可能性として考えられるのは、屋敷に別の人間――特に双子の姉妹などを隠していることくらいだが、釈迦堂に依頼を出しておきながら、本人を隠すというのも意味がわからない。

「そこで是非とも旦那にご助力をお願いしたいのです」

「……なんでそこで僕が出てくるの？」

「街の吸血鬼騒動を旦那が八面六臂《はちめんろっぴ》の活躍で収められたことは、聞き及んでおりますよ。そこでこの一件にもお知恵をお借りしたいと思いまして」

何を企んでいるのかわからない釈迦堂の笑みを前にして、空洞淵は少し考える。

「……協力するのは構わないけど、いくつか聞いても良いかな」

「もちろん。何なりと」

「僕なんかではなく、まずは綺翠に相談するのが筋なんじゃないかな？ 彼女なら、きみでは祓えない特殊な怪異だって祓えるかもしれないだろう？」

「……いやまあ、私としましてもこんな面倒な案件はさっさと神社の巫女殿へうっちゃりたいのですけれども」珍しく困ったように不良法師は眉尻《まゆじり》を下げた。「どうも六道のご当主は、御巫《みかなぎ》神社の前神主、つまり巫女殿のお父上ですね——と、不仲だったようでして。神主が鬼籍に入られた後も、極力神社とは関わりを持とうとしないのです。まあ、そのおかげで、我らがボロ寺をご贔屓《ひいき》にしていただいている次第なのですけれども」

「……なるほど。当主の意向で神社をあてにできないから、釈迦さんが自力で問題を解決するために、僕を巻き込もうと」

話を要約すると、釈迦堂はまた満面の笑みで頷《うなず》いた。

「さすがは旦那、理解が早い。もちろん、報酬はお出しします。四、六……いえ、半分で如何でしょう？」

まだ、街の吸血鬼騒動が完全に沈静化していない現状で、あまり厄介な面倒事に首を突っ込みたくもなかったが、さりとて話を聞いてしまった以上は捨て置けない。何よりも、空洞淵自身、釈迦堂の話に興味を持ってしまったのだから仕方がない。

空洞淵は結局、不良法師の口車に乗せられて、また自らトラブルに関わって行くことになったのだった。

## 2

お茶を終えると、早速空洞淵たちは、問題の六道家へ向かうことにした。

森の中の獣道を進んで行くが、虫もおらず気温も低く、むしろ極めて快適なものであった。賢者の住まう〈大鵠庵《だいこくあん》〉へ向かったときは、夜で視界も悪い中荒れた道を歩かされ大層難儀したので、そういう意味では、体力のない現代人の空洞淵としてもありがたかった。

ちなみに近頃は、ようやく下駄や草鞋《わらじ》の履き心地にも慣れたところだ。空洞淵の所感としては、革靴以上スニーカー未満という評価だが、郷に入っては郷に従わなければならない。せめて仕事履きは、革靴ではなくスニーカーにしておくべきだった、と後悔しても後の祭りなのである。

しばし歩き、辿《たど》り着いた六道家は、古めかしい数寄屋《すきや》造りの家屋だった。華美な装飾は見られないが、落ち着いていて周囲の雰囲気にもよく合っている。一見すると〈大鵠庵〉よりも立派に見える。

物珍しく思いながら屋敷の外観を眺める空洞淵を余所《よそ》に、釈迦堂は慣れた様子で使用人を呼びつけて屋敷の中へ案内させる。

内装も極めて質素で、全体的に薄暗いところを見ても、少し寒々しさのようなものを覚える。実際、真夏だというのに廊下は少し寒いくらいだった。

広間のようなところへ通され待っていると、やがて髭《ひげ》を蓄えた初老の男性が現れた。おそらく当主の六道禄郎氏だろう。

「――これはこれは法師様。お忙しい中、ご来訪ありがとうございます」

威厳のある外見に反して、意外にも温厚な態度で禄郎氏は頭を下げた。

「いえいえ、ご当主様におかれましても御壮健のご様子で何よりでございます」釈迦堂は胡散《うさん》臭い満面の笑みで答える。「わたくしといたしましても、お嬢様のお祓いに手間取り、本当に申し訳なく思っております。なにぶん、極めて強力な怪異でして」

息をするように嘘《うそ》を吐《つ》く釈迦堂だったが、禄郎氏はまるで疑う様子も見せずに首を振る。

「どうかお気になさらず。法師様のお力は国一のものと信じておりますので。……ところで、そちらの方は？」

禄郎氏は空洞淵に視線を向けた。ここは名乗り出るところだろう、と思い口を開き掛けたところで、釈迦堂に先んじられる。

「こちらは、わたくしの弟子でございます。どうしてもわたくしのお祓いの様子を見学したいというものですから、これも勉強のためと思い同行させております。何とぞ寛大な御心で、見学を許可していただければ幸いでございます」

頭を摑《つか》まれ、半ば強引に頭を下げさせられる。仕方なく、空洞淵は釈迦堂に従う。

「――弟子です。よろしくお願いします」

「なるほど……相わかりました。どうぞ好きなだけ見学していってください」禄郎氏は温和に微笑《ほほえ》んだ。「それにしても良い師と巡り会いましたね。此度のお祓いで、沢山のことを学んで帰ってくださいね」

「………」

渇いた笑いがこぼれ出そうになるのを必死に堪《こら》える。ちらりと不良法師の顔を窺《うかが》うと、貼《は》りつけた笑みが少し強《こわ》ばっているようだった。きっとあとでどう言い訳しようか考えているのだろう。いったい何を企んでいるのかはわからないが、とりあえずここは釈迦堂の企みに乗っておくことにする。

禄郎氏の案内で、奥の座敷まで案内される。薄暗い屋敷の、さらに最奥《さいおう》の一間。表からの光もここまでは届かないだろう。不自然なまでに日の光を疎《うと》う様子に空洞淵は疑問を覚える。

「――玲衣子《れいこ》。法師様がまたいらしてくれたよ」

声を掛けてから、禄郎氏はふすまを開く。室内も案の定、日の光は差さず、薄暗闇《くらやみ》の中を行灯《あんどん》が二つ、仄《ほの》明るく内部を照らし出していた。

禄郎氏は一礼をしてその場を辞す。あとは任せる、という意味なのだろう。

まだあまり暗闇に目が慣れていないものの、空洞淵はゆっくりと室内に目を凝らす。

すると部屋のさらに奥に、ぼんやりと人影が浮かび上がっているのが見えた。

「玲衣子様。釈迦堂でございます。再び少々お時間をいただければ幸いでございます」

畳に膝《ひざ》を突いて座り、釈迦堂は僅《わず》かに緊張を滲《にじ》ませて告げた。人影はゆらりと立ち上がり、ゆっくりと行灯の近くへ歩み寄る。

そしてようやくその姿を空洞淵たちの前に晒《さら》し、改めてその場に腰を下ろした。

空洞淵は思わず息を呑《の》む。

暗闇の中で月明かりのように輝くあまりにも白い肌と白い髪。浴衣《ゆかた》から覗《のぞ》く手足は、今にも折れてしまいそうなほど細く、弱々しい。

しかし、そんな儚《はかな》い印象の中でも圧倒的な存在感を示す、空のように淡い青色を湛《たた》えた大きな瞳《ひとみ》は、どこか挑戦的な光を灯《とも》しながら空洞淵たちを見据えている。

人形のように精緻《せいち》で現実感を伴わないその人物は、空洞淵たちを見やり、にぃ、と口を歪《ゆが》めて微笑んだ。

「――いらっしゃい。退屈してたんだ。茶の一つも出せないが、まあ、のんびりしていくと良い」

若い娘にしては、低い発声。その男性的な口調といい、空洞淵は一瞬女性ではないのか、とも考えたが、それを否定するように浴衣の胸元には女性らしい膨らみが見て取れた。

　そしてやはり予《あらかじ》め聞かされていたとおり、以前空洞淵を襲った鬼の面の人物と極めてよく似ていた。顔の造作までは判断がつかないが、体付きや特徴的なその白い肌と白い髪は、完全に一致している。

　白髪の少女——玲衣子は、あぐらを掻《か》いた膝に頬杖《ほおづえ》を突いて、気安げに言う。

「しかし、法師様もめげないね。俺は吸血鬼なんかじゃないって言ってるのに。まあ、親父《おやじ》殿の頼みだし断れないんだろうけど。で、そっちの新しいお兄さんは、助《すけ》っ人《と》かい？」

「如何にもご明察です、玲衣子様」釈迦堂は、今度は正直に告げる。「こちらは空洞淵先生といって、極楽街の新しい薬師《くすし》の先生でございます。吸血鬼騒動解決の功労者にして、街でも随一の知恵者です。玲衣子様の抱える問題もこの方ならばたちどころに解決してみせるのではないかと思い、お連れ致しました」

「薬師の先生……？」どこか興味深そうに、少女は値踏みするように空洞淵を眺める。

「へえ、あんたが話題の。噂は色々聞いてるよ。神社の巫女の情夫なんだって？」

　ろくでもない噂が流れているらしい。

「……情夫ではないです。ただ、故《ゆえ》あって神社に住まわせてもらっているだけなのでお間違いなきよう。空洞淵霧瑚《きりこ》と言います。よろしくお願いします」

　空洞淵の反応に、玲衣子は益々楽しげに目を三日月型に細める。

「ふうん。まあ、何だって良いけど。それにしてもよく親父殿が神社の関係者に敷居を跨《また》がせる気になったな。法師様の企みかい？」

「……はい。空洞淵先生は、私の弟子ということにして、こちらにお通しいただきました。ですので、どうか玲衣子様もお話を合わせていただけるとありがたく存じます」

「面白いな。いいぜ。その企みに乗ってやるよ」

　闊達《かったつ》に、少女は膝を打った。どうにも見た目と中身の印象がちぐはぐで一致しない。ただ、悪い人間ではなさそうであることは何となく言動からも理解できた。

「しかし、抱えている問題と言われてもね。俺はこのとおり一風見た目の変わった、身体《からだ》の弱い小娘でしかないが……吸血鬼なんて言われても畏《おそ》れ多いだけだぜ」

「……しかしながら、目撃されている吸血鬼は、玲衣子様の様相ととてもよく似ているのです」

「そんなこと言われてもなあ……」乱暴に玲衣子は後頭部を掻く。「どっかの馬鹿《ばか》が俺に罪を着せようとしてるんじゃないのか？」

「その可能性はもちろん否定できません。しかし、同様に現状では、玲衣子様が吸血鬼ではない、とも言い切れないのです。そこで空洞淵先生のお知恵をお借りしたく、こちらへお招きしたのです。ささ、旦那。気になることがあったら何でもお聞きください」

無責任に丸投げされてしまったが、こうなったらもう泥沼に嵌《は》まるように状況に飲み込まれていくしかない。ため息を一つ吐いた後、空洞淵も覚悟を決める。

「……では、少し診察をしてもよろしいでしょうか」

「良いよ。好きにしな」

年頃の娘とは思えない思い切りの良さで、玲衣子は空洞淵に向き直った。空洞淵は進み出て簡単な診察を開始する。

脈は左がやや強いが、左右ともに軟弱。陽気が足りていない証拠だ。慢性的な貧血だろうか。腹診は、やや心下痞鞕《ひこう》の兆候あり。少陽の胆経の詰まりで、表裏の接続が上手《うま》くいっていないようだ。

手早く診察を進めていく空洞淵に、物珍しそうな視線を向けて玲衣子は問うてきた。

「——なあ、先生。先生は俺の身体を見て、不気味だとか思わないのか？　こんな白いヤツ、国中探したって、物の怪《もののけ》にだっていやしないだろう」

どこか自棄《やけ》のような自問に近い問い。空洞淵は、診察の手を止めて、真っ直ぐに淡青の瞳を見返しながら答える。

「全く不気味には思いませんよ。正直、最初は少し驚きましたけど」

「正直だな」少女は苦笑する。「神社に住んでると、物の怪に慣れてくるのか？」

「いや、そうじゃなくて――」

どう答えたものか一瞬悩むが、少女のためを思い、空洞淵は正直に告げる。

「あなたは所謂《いわゆる》アルビノ――先天性白皮症という疾病《しっぺい》を持って生まれただけです」

先天性白皮症――生まれつき、メラニンの生合成に問題を抱える病気だ。メラニンは、身体の中の重要な色素であり、髪や肌など身体の表面に局在することで、日光などの外的刺激から人体を守る役割を担《にな》っている。

だが、極めて稀《まれ》に、生まれつきその機能が不足あるいは欠けて生まれてくる個体が存在する。そうすると、メラニン色素が合成できないため、髪や肌は白くなり、日光などの紫外線に弱くなってしまう。虹彩《こうさい》も同様で、メラニン色素が欠落すると、淡い青や灰色、紫掛かった色を呈するようになると言われている。まさに目の前の少女は、それらの特徴を有している。

部屋や屋敷が必要以上に薄暗いのも、きっと玲衣子を光から守るための措置なのだろう。少なくとも、吸血鬼であるから日の光を避けているわけではない。

淡々とした空洞淵の言葉に、玲衣子は目を丸くする。

「俺は……病気なのか？　呪《のろ》われてるわけではなく？」

「はい。正確に表現するなら、病気というよりも特徴、ですかね。あなたは別に病んでいるわけではなく、生まれつき少し他の人と異なる特徴を持っているだけなのです」

「――そう、か。そうだったのか……」

どこか安心したように玲衣子は呟《つぶや》く。きっとこれまでに謂《いわ》れのない悪意や心ない言葉に晒されてきたのだろう。

現代ではそれなりに周知され、理解され始めている疾病ではあるが、未だにその神秘的な見た目への偏見が根強くもある。ましてここは、近代医療の届かない〈幽世〉だ。特別な外見を持って生まれた玲衣子を、特別な存在だと恐れ、忌《い》むことも致し方ないのかもしれない。

空洞淵はそのまま診察を終え、率直な感想を述べる。

「身体は弱っていますが、大きな問題はなさそうです。少陽の詰まりを軽く取ってから、補剤を飲めば少しは元気になるかと思います。必要なら今度処方しましょう」

「なら、頼もうかな。あんたは信用できそうだ」

玲衣子は口の端を吊《つ》り上げて笑った。

「燈《あかり》先生がいなくなって、誰も俺の身体を診てくれなくなってたから、正直助かったぜ。生憎《あいにく》とこの身体は、俺一人の手には余るんでね」

「まえの薬師の先生を知ってるんですか？」

「もちろんだ。ガキの頃から世話になってたよ。この家から外に出られない俺の、数少ない理解者だった。良い女だったのに……残念だよ」

少し悲しげに少女は目を伏せる。きっと、まえの薬師のことをとても信頼していたのだろう。

「まえの薬師の先生には、何の薬を処方してもらっていたかわかりますか？　良ければ、似たようなものもお出しできるかもしれません」

「おお、それは助かる」

玲衣子は立ち上がり、部屋の隅の簞笥《たんす》から小さな包みを取って戻ってくる。

「燈先生に出してもらった頓服《とんぷく》の薬なんだけど、もうこれ一つしかないんだ。どうしようもなくつらくなったときに飲むと、落ち着いてよく眠れるようになる」

手渡されたのは、小さな薬包紙に包まれた粉薬だった。零《こぼ》さないよう、空洞淵は慎重に開封する。中には少量の黄褐色の粉が収められていた。さすがに粉を見ただけでは、中身の判断はできない。

「少し、いただいても構いませんか？」

「いいよ」

許可を取り、空洞淵は極少量の粉を舌の上に載せてみる。

すると名状しがたい苦みと、口内が痺《しび》れるような感覚に襲われ、慌てて空洞淵は唾液《だえき》と共に懐紙に吐き出す。

「ははっ、強烈だろう？」楽しそうに玲衣子は笑った。「酷《ひど》い味だよな。まあ、慣れれば逆にそれが癖になるんだけど」

「……玲衣子さんは、どのくらいの頻度でこの薬を飲んでるんですか？」

まだ味見の衝撃が消えない空洞淵は、発声に苦労しながら尋ねた。

「今は、週に一、二回くらいかな。燈先生には、十回分しか出してもらえなかったから、なるべく飲まないようにしてたんだけど、まあ、薬だから飲まないわけにもいかないからな。ちょいちょい飲んでたら何だかんだであと一つってわけさ」

「……なるほど」溢《あふ》れ出る唾液を無理矢理飲み下して空洞淵は頷いた。「……残念ながらこの薬は極めて特殊なものなので、僕のほうからはお出しすることができません」

空洞淵の言葉に、玲衣子はわずかに顔をしかめた。

「――そうか。まあ、燈先生も特別な秘密の薬だって言ってたしな。残念だけどこればかりは仕方ない。大人しく諦《あきら》めるさ」

「ちなみにその燈先生は、どういったときにこの薬を飲むようにと言っていましたか？身体の痛みなどがあるのですか？」

「痛み……痛みね」何故か玲衣子は、虚無感を滲ませて笑う。「痛いよ。すげえ痛い。全身がバラバラになっちまいそうなくらいさ。よくそういう発作が起きるから、そのときにこの薬を飲む。そうすると、痛みを忘れて夢見心地になれるんだ。これが無くなったらどうするか……考えただけでも憂鬱《ゆううつ》だけど、まあ、人生なんてのは、そんなもんだろうよ」

年頃の少女らしからぬ諦観《ていかん》を見せる玲衣子に、空洞淵は少し違和感を覚える。確かにアルビノとして生まれ、日焼け止めも存在していないこの世界で満足に外出もできない玲衣子が世を儚むのは理解できるが……何かが少し違う気がする。

根拠などないただの直感だが、不思議とこの手の感覚は外したことがない。

だが、いずれにせよ今ここで悩んでも答えなど出ないだろう。あまり長居をして、玲衣子の身体に障《さわ》っても悪い。

空洞淵はこれで終《しま》いとばかりに、釈迦堂に視線をやる。部屋の隅に座り、様子を窺っていた法師は、またいつもの何を考えているのかわからない笑みを顔に貼りつけながら近づいてきた。

「——お話し中のところを失礼いたします。我々はそろそろお暇《いとま》させていただきますね」

「え、もうか？」つまらなそうに玲衣子は唇を尖《とが》らせる。「せっかくこれから外の話を色々聞かせてもらおうと思ったのに……」

「またすぐに参りますよ」

何とも信用のおけない笑みで答える法師だが、しかし玲衣子は年頃の少女らしい素直さで笑みを零す。

「そうか。またいつでも来てくれよ。特に先生。あんたは気に入ったから、一人でも好きなときに来て良いぞ。話が合いそうだし……何より、すげえ良い匂《にお》いがする」

「良い匂い、ですか？」

首を傾げて、空洞淵は袖《そで》を嗅《か》いでみる。自分ではよくわからない。そういえば、まえに穂澄にも似たようなことを言われたような気がする。釈迦堂にも視線だけで問いかけてみるが、彼は意味深な笑みを返すだけだった。

「匂いはよくわかりませんが、では、これからはちゃんと薬師として参りますね。夏だからといって身体を冷やさないよう注意してください」

「ははっ、心得たよ。あんたらも、帰りの森には気をつけてくれ」

少女に別れを告げ、空洞淵たちは部屋を出る。

玄関へ向かう廊下の途中で当主の禄郎氏と出会ったので、空洞淵は身分を偽っていたことを謝罪し、改めて薬師であることを告げる。

最初は戸惑った様子だったが、神社の関係者とはいえ薬師の必要性には気づいたのか、禄郎氏は空洞淵の出入りを認めてくれた。

「……正直言いますと、神主亡《な》き今、必要以上に神社を疎う理由などもはや存在しないのです。しかし、歳《とし》を取ると頑固になっていけませんな。空洞淵先生、もしよろしければ巫女様にも、今度ご挨拶をさせていただければありがたく存じます」

丁寧にそう言ってから、禄郎氏は急に心配そうに尋ねてくる。

「ときに先生。娘のことなのですが……あの子は、子を生むことができるのでしょうか？」

「子を……？」

あまりにも急な問いに、空洞淵は眉を顰める。何かの誤解があるのかもしれないと思い、空洞淵は簡単に玲衣子の症状が呪いや物の怪の類《たぐい》ではなく、純然たる疾病によるものであることを説明する。

「――つまり、肉体的には健常者とほとんど変わりがないということです。だから体力的な不安を除けば、問題なく可能でしょう」

「そう、ですか」

肩の荷を下ろしたように、禄郎氏は安堵《あんど》のため息を吐く。そんな当主の様子にも、空洞淵は違和感を抱く。

病気の娘を持った父親が、最初に薬師に訊《き》くことが出産のこと、というのはどうにも腑に落ちない。だが、それ以上話を展開させるよりも早く、釈迦堂が二人の間に割り込んだ。

「ささ、先生。次の往診もございますから、このあたりでお暇しましょう。ご当主様、お嬢様のお祓いには今しばらくお時間が掛かりますので、折を見てまた参ります。それではご機嫌よう」

半ば強引に空洞淵は屋敷から押し出されてしまった。

「――僕の扱いが少し雑じゃないか、釈迦さん」

恨みがましい視線を向けてみるが、当の本人は何食わぬ顔で笑みを浮かべる。

「なに、旦那がまた余計なことに首を突っ込みそうだったので、先んじて防いだだけですよ。あなたはどうもお節介が過ぎるようだ」

「余計なこと？」

「続きは歩きながら。日が落ちたら、森から出るのも一苦労になりますよ」

いつの間にか空は赤らみ始めていた。夏の日は長いとはいえ、あまり悠長に構えていられない。

仕方なく、釈迦堂に言われるまま空洞淵は歩き始める。

「――して、旦那。実際に、〈始まりの吸血鬼〉に襲われた身としては、お嬢さんのことをどう思いました？」

単刀直入の問い。空洞淵は少し考えて答える。

「……正直、特徴は一致しているね。鬼の面は確認できなかったけど、ほぼ間違いないとは思う」

「しかし、彼女は〈鬼人〉ではない」

釈迦堂の言葉に、空洞淵は黙って頷く。

そう、それが一番の疑問だ。事前に説明されていたとおり、確かに玲衣子はどこからどう見ても人間だった。他の吸血鬼の〈鬼人〉のように、苦しんで寝込んでいたり、襲い掛かってきたりすることもなく、理知的に会話をすることができた。アルビノという点は少々予想外ではあったが、その事実も大局には影響しないはずだ。

しかし――。

「でも、彼女は基本的にあの家から出られないはずなのに、僕のことを知っていた」

「それは単純に、使用人の噂話でも耳にしただけなのでは？」

「あの家は、元々神社の関係者に対して非常に神経質になっていたはずだ。いくら噂好きの使用人がいたとしても、屋敷の中で僕の話なんかしないだろう。もしもご当主にでも聞かれたら、機嫌を損ねてしまう可能性がある」

「それでは、お嬢さんはどこで旦那の噂を耳にしたので？」顎《あご》を摩《さす》り尋ねる釈迦堂。

「もちろん、街で、さ」空洞淵は答えた。「そう考えないと辻褄《つじつま》が合わない。だから、彼女は実際に街へ行ってるんだ。おそらく、吸血鬼となって、血を吸いに行ったときにね。記憶の混濁は薬の副作用ではなく、吸血鬼化の影響、という可能性もある」

「なるほど……確かに街では、旦那の話題で持ちきりです。ちょっとでも街に入れば、誰からともなく人の噂話も耳に届くでしょう。しかし、それならば別に吸血鬼に限定しなくとも、夜の内に街へ遊びに行っただけとも考えられるのでは？ 日光に弱いと言っても、夜ならば出歩けるのでしょう？」

「それなら今度は、街であの子の姿を見たという噂が立っていないとおかしい。非常に目立つ外見をしているからね。ちょっとでも人目に付けば、噂になるのは避けられないはずだ。今街は、吸血鬼のことで特に神経質になっているからね。にもかかわらずそれがない、ということは、あの子を目撃した人は彼女を〈人〉とは認識していなかった、という仮定ができる」

彼女が嘘《うそ》を吐いていたのか、それとも無自覚の行動だったのかまでは判断がつかないけど、と空洞淵は結ぶ。釈迦堂は感心したように唸《うな》った。

「――旦那は鋭いですねえ。なるほど、確かに今の説明が事実なのであれば、お嬢さんが〈始まりの吸血鬼〉である、という傍証にはなりましょう。しかし、あくまでも状況証拠にすぎません。実際にお嬢さんが〈鬼人〉ではない以上、我々にはどうすることもできない、という現状に変わりはありません」

結局、問題はそこへ行き着くわけだ。

「僕は〈幽世〉に来て間もないから、怪異のことがまだよくわかってないんだけど……。たとえば、〈感染怪異〉になったり人間に戻ったりを繰り返している、ということは考えられないのかい？」

「基本的にはあり得ないはずです」釈迦堂は断言する。「そもそも〈感染怪異〉という名前ではありますが、これは病気の類ではなく、人の怪異化です。怪異というのは、人ではない別の存在。つまり、人々の認知によって現実を書き換え、人を人ならざるモノに変えてしまうのが〈感染怪異〉です。そう易々《やすやす》と、怪異になったり人に戻ったりと、現実の書き換えが起こっては適《かな》いません。だから、そのために我々祓い屋がいるのです」

初日の金糸雀の話を思い出し、それもそうか、と空洞淵は思い直す。

一言に〈感染怪異〉と簡単に考えていたが、そもそも現実の書き換え、というわけのわからないことがこの〈幽世〉では発生しているのだった。因果律とか、そういった話は専門外なのでよくわからないが、確かにそんなことが頻繁に起こっては、世の中が滅《め》茶苦茶《ちゃくちゃ》になってしまうだろう。あくまでも今回の吸血鬼の〈感染怪異〉パンデミックは、例外的な事象なのだ。

「ただ――」釈迦堂はどこか自信なさげに続ける。「ごく稀に――強烈な自己認識によって、自己を改変する者が現れることもあります」

「強烈な……自己認識？」

「ええ。ウチの師匠がそうなのですが……。たとえば修行僧などが、激しい修行の末に新たな境地へと至ることがあるようです。修行のときは、ひたすらに自己を見つめ直しますからね。その果てに、自己を改変するほどの自己認識を得る——。まあ、これは本当に例外中の例外で、ごく一部の極まった超人にのみ可能な奇跡にも似た現象ですので、今回は考える必要もないでしょう。いわゆる〈感染怪異〉とも異なるものですし」

確かに、明らかに玲衣子は修行僧という感じではない。しかし、自己認識によって自己改変が起こりうる場合もある、というのは新しい見解だ。今回は無関係としても、覚えておいて損はないだろう。

「そういえば、きみ、何か隠してることない？」

「隠していること？　旦那に隠し事なんて、考えたこともありませんが」

笑顔のまま心にもないことを言う釈迦堂を見て、空洞淵はため息を吐く。

「さっき、禄郎氏との会話に割って入っただろう？　何か企みでもあるんじゃないかと思って」

「ああ、いえいえ。あれは、そういうのではなく……単に先方のご機嫌取りです。大切な檀家《だんか》さんですからねえ。旦那が余計なことを言い出さないかと冷や冷やしていました」

「余計なこと？」

身に覚えがないため首を傾げる空洞淵。仕方ないですねえ、と釈迦堂は肩を竦《すく》めた。

「旦那に助力を願い出たのはこちらですからね。特別にここだけの話ってことでお願い

します よ」

声を落とし、法師は続ける。

「禄郎氏はね、昔、前巫女様——つまり、今の巫女様のご母堂に当たる方ですが、その方に恋をしておられたのです」

突然何の話を始めるのか。眉を顰めながらも、空洞淵は静かに話を聞く。

「そのため、前神主……当時は神主ではなかったのですが、その神主殿と共に、ご母堂の心を射止めるべく、競い合っていたそうです。まあ結局、禄郎氏は神主殿に敗れ、そのために以降神社とは疎遠《そえん》になってしまったようです」

神社の関係者を気にしていたのにはそういった事情があったのか、と納得する。

「その後しばらく、失恋のショックを引き摺《ず》りながらも、その数年後にご自身も別の女性と結婚されました。ところがなかなか子宝に恵まれず、苦労されたようです。六道家は、〈幽世〉の名門ですからね。自分の代で血を途絶えさせてはならないという不安にも駆られていたのでしょう」

独り身でのんびりやっている空洞淵には、今ひとつ理解しがたいものがあるが、歴史ある名門に生まれた者には、相応のプレッシャーがあるものなのかもしれない。

「仏に祈ったり、色々やってみたようで、その末にようやく待望の愛娘《まなむすめ》を授かったわけです。しかし、相当な難産だったようで、出産の際に、奥様は帰らぬ人となってしまいました。禄郎氏自身もう高齢ということもあり、跡継ぎを他に望むことも叶《かな》いません。だから禄郎氏にとって玲衣子さんは、本当に目の中に入れても痛くないほど大切な存在なのです。ところが、その肝心のお嬢さんが、斯様《かよう》に少々特殊な生まれでしょう？　玲衣子さんの代で六道家が途絶えてしまうのではないかと、禄郎氏は気が気ではないのです。まあ、そういった複雑な事情をお抱えのところ、旦那がいきなり真正面から切り込んでいきそうだったものですから、慌ててお止めした、という次第です」

「……なるほど」

事情を知らなかったとはいえ、少々浅慮だったことを恥じる。どうにも昔から人情の機微に疎いので、無理矢理にでも止めてくれたのはありがたい。玲衣子自身も自分の外見以外のことで何か悩んでいるようだったのは、もしかしたらそのあたりの家の事情を気にしているからなのかもしれない。空洞淵としては思うところもあったが、文化や価値観が違うこの〈幽世〉の問題なのであれば、彼がとやかく口をはさむ筋合いはない。

ただ、それでも一つだけどうしても気に掛かることがある。

「ねえ、釈迦さん。もう一つ聞いて良い？」

「なんでしょうか？」

「この世界の阿片の取り扱いってどうなってるの？」

「阿片《あへん》というと、あの汁とか粉になってる、吸ったり舐《な》めたりすると気持ちよくなるアレのことですか？」

「そう。その阿片」

阿片とは、芥子《けし》の未熟果から採取できる、人類史においてもっとも古くから使用されている麻薬である。摂取により多幸感や幻覚が現れ、またみだりに使用すると依存性も示す恐ろしい薬だ。

釈迦堂は神妙な顔つきで答える。

「賢者殿が全面的に使用を禁止されていますね。昔、こっそり芥子を栽培していた輩が、賢者殿の怒りに触れて島流しにされたとか、なかなか物騒な噂を耳にします。……しかし、この機にお尋ねになるってことはまさか」

「……そのまさかだ」空洞淵は頷く。「あの子が持っていた頓服の薬は、たぶん阿片だ」

舐めたとき、すぐに吐き出したので影響はなかったが、あの独特の苦みはアヘンアルカロイドのそれだと思う。

珍しく釈迦堂は焦《あせ》ったように言う。

「では、燈先生が玲衣子さんを阿片漬けにしようと……？」

「いや、そうじゃない。そもそも阿片には、強力な鎮痛、鎮静作用があるんだ。あの子も身体が痛いって言っていただろう？　だからたぶん、そのために処方されたのだと思うんだけど……」

阿片から抽出されたモルヒネは、現代医学において重要な医薬品の一つだ。その強力な鎮痛作用によりがん性疼痛《とうつう》を和らげ、ＱＯＬ（生命の質）を向上させるのである。だから、この世界において鎮痛剤として使用されていても不思議ではない。不思議ではないのだが……。

「問題は、その燈先生がどこから阿片を入手したのか、ってことだ。芥子自体は割とどこでも植えれば育つんだけど、金糸雀がそれを規制しているのなら、本来育てることすら不可能なはずだろう？　彼女には千里眼のようなものがあるんだから、育てようとしてもすぐにバレるはずだ。にもかかわらず、玲衣子さんは阿片を持っていた」

「――もしかして旦那は」

いつもは細められている目を見開いて、釈迦堂は問うた。

「燈先生と月詠殿が、陰で繋がっていると……？」

「そう考えれば、辻褄は合う」

空洞淵は静かに頷いた。

この〈幽世〉において、千里眼を持つ金糸雀の目を誤魔化すことができる唯一《ゆいいつ》の存在である月詠《つくよみ》。金色《こんじき》の賢者の妹である彼女が関わった因果であれば、金糸雀がそれを知覚できなかったとしても致し方ない。そして、玲衣子に阿片を処方したのは、前薬師の燈――。国で使用を禁じている阿片の存在に、金糸雀が気づけなかったとしたら、その入手に月詠が関与していると考えるのが妥当だ。ひいては、燈と月詠の怪しい関係も浮き彫りになってくる。

あるいは、燈の失踪《しっそう》に月詠が関与している可能性も――。

「――まあ、想像であれこれ考えるのは良くないか」

空洞淵は思考を中断する。ちょうど神社の階段下に着いたところだった。

「いずれにせよ、玲衣子さんのことはお互い少し気にしておこう」

「そうですね、そのほうがよろしいでしょう」釈迦堂はもういつもどおりの笑みを浮かべていた。「燈先生の件は如何します？　賢者殿に相談しますか？」

「いや……一旦保留にしておこう。下手に事を荒立てたくない」

「御意」釈迦堂は恭《うやうや》しく頭を下げた。「それでは私はこれにて失礼いたしますね。今度は酒でも酌《く》み交わしましょう」

背を向けて歩き出す法師。

「あ、最後に一つだけいいかな？」

「何でしょう？」立ち止まって振り返る。

「僕って何か匂うのかな？　自分ではよくわからないんだけど」

先ほど玲衣子に言われたことがずっと気になっていたのだった。

少しだけ考えてから、釈迦堂は胡散臭い笑みを貼り付けて言った。

「旦那からは、女性を惹《ひ》きつける色香でも出ているのでしょう。そうでなければ、賢者殿と巫女殿に、一度に目を掛けられるはずありませんから。ニクいですね、この色男」

全く参考にならなかった。

## 3

「——レイコさんって誰？」

小さな卓袱台《ちゃぶだい》を三人で囲みながら夕食を食べていると、不意に綺翠がそんなことを尋ねてきた。比較的警戒心の強い空洞淵ですら油断していた、あまりにも計算し尽くされたタイミングだった。動揺しすぎて、口に入れたばかりの漬物をほぼ嚙《か》まずに飲み込んでしまう。

綺翠は、いつものように背筋を真っ直ぐに伸ばして正座をしていた。清酒の注がれた杯を、上品に両手で持つその姿は大変絵になるが、今はそんな暢気《のんき》なことを言っている場合ではない。

「……突然どうしたの？」

動揺を悟られないよう、必死に表情筋をコントロールしながら空洞淵は応じる。

しかし、その問いには答えず、綺翠はいつもどおりの無表情で淡々と続ける。

「夕方、少し早く今日のお勤めが終わったから、薬処のほうへ様子を見にいったのだけど、休憩中の札が掛かっていて留守だったの。それで仕方ないから、神社まで戻って境内の掃除をしていたのよ。――レイコさんって誰？」

心なしかいつもよりも視線が鋭い気がする。境内の掃除をしていた、ということは、釈迦堂との会話を部分的にでも聞かれて、その上での質問なのだろう。

空洞淵としても、決して疚《やま》しいことをしているわけではないので、正直に説明してやりたいところだったが、患者のプライバシィにもかかわるため、下手なことは言えない。

「えっと……釈迦さんの紹介でちょっと往診に行ってたんだけど……その先の患者さんだよ。詳細は話せないけど、今度薬を持って行ってあげることになったんだ」

「あら、そうだったの」

納得したのかしていないのか、表情が一切変わらないのでまるでわからない。ただ、どこか冷ややかな光を帯びていた瞳に心なしか温かみが戻ったような気はする。

「てっきりあの不良坊主《ぼうず》と色町辺りにでもしけ込んだのかと思っていたけど、そうじゃないなら安心したわ。いえ、空洞淵くんも年頃の男なのだから、たまにはそういうところで発散も必要なのかもしれないけれども……。でも、できれば神社の関係者として節度のある行動を心掛けてくれると嬉《うれ》しいわ」

「…………」

酷い誤解をされていた。空洞淵は大学時代から、その歳にして枯れている、と友人たちに揶揄《やゆ》されるほどその手のことに興味を持っていない。空洞淵の家はきっと自分の代で終わるのだろうと漠然と考えているが、そういう意味では、由緒《ゆいしょ》ある六道家とは異なり、血を継ぐ宿命を持たない分、庶民は気軽だ。

血というのはかなり強い絆《きずな》である。絆とは本来、しがらみや束縛を意味する。英語では、『ボンド』だ。つまり、人間を自由に動けなくするための支配とも言い換えられる。

空洞淵の住んでいた現代でも、まだまだ根強いこの手の信仰だが、昔ながらの風習を引き摺る〈幽世〉においては、なお強固な支配となり人々の間に広まっているようだ。

だから、玲衣子の抱えるものも、きっと空洞淵が思っているより数倍大きな悩みになっているのだろう。

ただ――それだけでもない気がするのだ。

空洞淵は、玲衣子のどこか悲観的な笑みを思い出す。あれは、アルビノとして生まれた自分の運命を嘆いているというよりも、もっと別の意味を内包しているような気がしてならない。

いったい何が、少女をあそこまで悲観させているのか。何の根拠もない直感だが、それこそが彼女が〈始まりの吸血鬼〉となった理由に結びつきそうな気がする。

「お兄ちゃん？　どうしたの？　ボーッとしちゃって」

穂澄の声で空洞淵は我に返る。妹巫女は、心配そうな顔で空洞淵を見ていた。安心させるためにも空洞淵は笑みを返す。

「ごめんごめん。ちょっと考えごとしちゃってたよ。せっかくの食事中に申し訳ないね。今日も美味しいごはんをありがとう」

「そう？　お口に合ったのなら良かったー」

ホッとしたように穂澄は表情を緩めた。この娘は見ているだけで心がポカポカしてくる。綺翠とは本当に真逆で、姉妹なのに面白いものだ、と空洞淵は勝手に感心する。

「空洞淵くん、何か失礼なこと考えてない？」

「……何も？」

相変わらず勘は鋭いようだった。空洞淵は話題を変える。

「そういえば、ちょっと気になることがあるんだけど……僕って何か変な匂いするかな？」

「突然どうしたの？」綺翠は胡乱げな目を向けてくる。

「いや、まえに穂澄に良い匂いだって言われたの思い出して。自分じゃ匂いってわからないから、もしかしたら周りの人を不快にさせてたら申し訳ないと思って」

綺翠は穂澄と顔を合わせた。

「私は特に変な匂いを感じないけど……。穂澄は何か感じるの？」

「んー？」美味しそうに白米を頬張っていた穂澄は口の中のものを飲み込んで答える。「そうだね、最近は私もあまり感じないかなあ。もう慣れちゃったのかも。最初の頃、お兄ちゃんが来てすぐくらいの頃は、何だかすごく良い匂いに感じて、そわそわしちゃってたんだけどね」

妹の何気ない言葉に、綺翠は眉を顰める。

「……ひょっとして、あなたが倒れたときのこと？」

「あ、うん。そうそう。何か、あのときから急に鼻が良くなったみたいで、自分でもちょっと驚いてたんだよねえ」

何でもないように気軽に答える穂澄だったが、綺翠の顔は冴《さ》えない。

「……でも、今は何も感じないのよね？」

確認するようなどこか真剣な問い。戸惑いながらも穂澄は頷いた。

「――そう。それなら良いわ」

安堵の息を吐く綺翠。何かを勝手に納得したようだが、空洞淵は解《げ》せない。

「何か気になることでもあった？」

「ああ、いえ。空洞淵くんが気にすることでは――」言いかけて、綺翠はすぐに小さく首を振った。「……やっぱり話しておいたほうがいいわね。空洞淵くん、放っておくと何するかわからないし」

猪口《ちょこ》を卓袱台の上に置き、綺翠は空洞淵を改めて見やる。

「あなたを不安にさせないために黙っていたのだけど、あなたは怪異に好かれる特異体質なの」

「僕が……特異体質？」

そういえば、出会ったばかりの頃、〈気配〉が特殊なだけで、他は普通の人間と変わらない、みたいなことを言われた気がする。まったく自覚がないだけに、正直実感がない。

「空洞淵くんはね、どういうわけか、怪異好みの匂いを発しているの。私を含め人間には知覚できないけど、怪異にとってはとても食欲をそそられる匂いをしているみたい。ほら、初日に森で襲われたでしょう？　あれもきっと、あなたの匂いに誘われたのよ」

「じゃあ、私がお兄ちゃんを良い匂いだと思ったのは……？」

驚く穂澄に、綺翠は頷いて見せた。

「ええ。穂澄が〈鬼人〉となったからよ。しばらく匂いを感じていたということは、怪異としての影響が少しだけ残っていたのね。でも、今は何も感じないのであれば、問題ないわ。あなたはもうちゃんと普通の人間だから安心して」

不安を和らげるためか、綺翠は優しい声色でそう言うが、空洞淵に向き直るとすぐに厳しい声色に戻す。

「だから空洞淵くん。むやみやたらと、森の中に入っていったら駄目よ。怪異にとってあなたは格別のご馳走《ちそう》なのだから、食べられちゃっても文句は言えないわよ」

「…………」

改めてこの世界の恐ろしさと厳しさを実感する。まさか自分がそんな薄氷の上を歩くような生活を続けていたとは……。これからはなるべく人通りの多い道を歩くことを心に誓う。

しかし、そうなると、穂澄と同じように空洞淵を良い匂いであると言った玲衣子は、やはり〈鬼人〉ということになるのではないだろうか。少なくとも、怪異としての影響が残っていたことの間接的な証明にはなるだろう。ただし、単純に個人的な嗜好《しこう》で空洞淵を良い匂いと評した可能性が残る以上、絶対とは言えないのだけれども。

「まあまあ！　せっかくのご飯なんだからもっと明るい話をしようよ！」

この場の妙な空気を察したのか、穂澄は一度手を叩《たた》いて話題を変えた。

「私ね、今日は街で評判の『白髪鬼』を見てきたんだよー」

「『白髪鬼』……？　ああ、例の軽薄なやつね」

興味もなさそうに綺翠はため息を吐いた。穂澄は頰を膨らませる。

「もう！　お姉ちゃんはそんなことばっかり！　軽薄なやつ、じゃなくて歌舞伎《かぶき》だよ！」

そういえば、最初に穂澄に街を案内してもらったときに、そんな話をしていたような気もする。歌舞伎は見たことがないが、流行《はや》っているのであれば興味も湧いてくる。

「どういう話なんだい？」

確か江戸川乱歩の作品で同名のものがあった気がするが、おそらく別物だろう。穂澄は楽しそうに答えた。

「白髪の、吸血鬼のお話だよ」

「白髪の吸血鬼……？」空洞淵は眉を顰める。「それは今の吸血鬼騒動を題材にした演目なの？」

「ううん、違うよ」無邪気に穂澄は首を振る。「吸血鬼騒動の少しまえから始まった演目だもん。でも、最初は全然話題にならなかったんだけど、吸血鬼騒動のおかげですごく人気が出たのは確かだと思うよ」

なるほど。たまたま類似の演目が存在し、それが吸血鬼騒動を切っ掛けとしてブレイクしたということか。空洞淵が暮らしていた現実世界でも似たような現象は多々見受けられた。たとえば、感染症が流行ったときには、カミュの『ペスト』が飛ぶように売れたり――。

きっと、現実のよくわからない困難に対し、創作に答えを見出《みいだ》そうとするある種の防衛本能なのだろう。

穂澄は上機嫌に続ける。

「ええと……簡単に説明するとね、白髪の吸血鬼に血を吸われて吸血鬼になっちゃった女の子が主人公なの。その子も元の吸血鬼と同じように白髪になるんだけど、その見た目のせいで住んでいた村から追い出されちゃうの。それで、自分の血を吸った吸血鬼を探し求めて、あちこち旅をする感じかな。最初は吸血鬼のことをとても憎く思ってたんだけど、だんだん好きになっていっちゃうの。私、ドキドキしちゃった」

「へえ……」

聞く限り、ありふれた感じの物語のようだ。あるいは、ありふれているからこそ人気になるのかもしれないけれども。

「しかも、主人公の女形の子が、蘭太郎《らんたろう》くんっていう天才役者って言われてる子でね。それがメチャクチャ可愛《かわい》いの……！　もうすごいの！　お兄ちゃんも見たらきっと恋しちゃうよ！」

「あ、そうか。歌舞伎なら女性の役も男性が演じるんだね」

歌舞伎に縁がなさすぎて初歩的な部分を失念していた。それにしても、歌舞伎役者の男の子に熱を上げるなんて、穂澄も年頃の女の子なのだと安心してしまう。普段随分しっかりしているので、たまにこうして再認しなければ忘れてしまいそうになる。

「男の人が演じる女の人って、どうしてあんなに綺麗なんだろうねえ。何か理想みたいなものが投影されてるのかな。逆に女の人が男の人を演じることがあったら、凄《すご》く格好良いのかな」

「そういうのはあるかもね。実際、僕がいた世界には、そういった演目もあって人気だったからね。ただ、肉体的な性と精神的な性はまた別の――」

医学的な注釈を入れようとしたところで、思わず言葉を呑む。

今、何かが意識の片隅に引っ掛かった。

決して特別な話をしていたわけでもなく、ともすれば数時間後には内容すら忘れてしまいそうなほどありふれた日常の一幕にもかかわらず――何か、とても重要なことを見過ごしてしまっているような気持ちになる。

今日までに見聞きしたものを、ゆっくりと丁寧に、頭の中で整理していく。

吸血鬼の唯一性。女性だけを狙《ねら》う理由。同族を増やす意味。脈診。内緒の頓服薬。

いくつかの情報がパズルのピースのように組み合わさっていき――やがて予想もしていなかった可能性を描き出す。

まさか……そんなことがあり得るのだろうか。自分の着想が信じられず、否定材料を探してみるが、あらゆる傍証がその仮説の信憑《しんぴょう》性を裏打ちしていた。

そして、もしそれが真相なのであれば、上手くやれば内々で片を付けられるかもしれない。頭の中でいくつかの計算を繰り広げる。

「お兄ちゃん？　また固まっちゃってどうしたの？」

心配そうに穂澄は顔を覗き込んでくる。そういえば、以前にも穂澄のちょっとした一言がヒントとなり閃《ひらめ》きを得たのだった。空洞淵は、それを悟られないよう努めて自然に見えるように応じた。

「いや、大丈夫。ちょっと仕事で思いついたことがあっただけさ。それよりこの大根の煮付けは絶品だね」

「そ、そう？　ありがとうお兄ちゃん！」

割と露骨な話題逸《そ》らしだったが、穂澄は特に気にした様子もなく喜ぶ。いつまでもこの純真さを失わないでほしいと、空洞淵は密《ひそ》かに願う。

「——他人の、しかも作りものの色恋なんて見て、何が楽しいのかしら。私には理解できないわ」

これまで興味なさげに会話へ入って来なかった綺翠が口を開く。熱心に趣味を語る妹とは異なり、姉のほうは随分と淡泊だ。穂澄は珍しく少し不満そうだ。

「もう、そんなことばかり言って！　だからお姉ちゃん、いつまでたっても恋人の一人もいないんだよ！」

「別に必要性に迫られていないし構わないわ。それに私、意外と人気者らしいから、その気になれば相手なんていくらでも見繕えるし」

「強者の余裕だあ……！　というか、そもそもお姉ちゃん、誰かを好きになったことととかあるの？」

口に運びかけた杯を止め、思案する綺翠。

「――身に覚えがないわね」

「恋を知らない女……！　お姉ちゃん、二十歳になってそれは危険だよ……！」

「御巫の家は、穂澄がいるから安泰ね。早く甥《おい》っ子や姪《めい》っ子の顔が見たいわ」

「ちょっとお姉ちゃん！　結婚という高い壁から目を背けないで！」

何だかんだで仲睦《なかむつ》まじい姉妹である。日々繰り広げられる姉妹の会話を、親戚《しんせき》のおじさんのような心持ちで眺めながら癒《い》やされるのが、近頃の空洞淵の日課なのだった。

そんな日々の密かな楽しみを空洞淵が満喫していたところで――。

「――待って。結界に誰か入ったわ」

それまで弛緩《しかん》させていた空気を一変させて、綺翠は鋭い声でそう言った。結界とは、神社の階段を上った先、鳥居から境内へ入った聖域のことだ。つまり、誰かが神社を訪れたということ。こんな時間に、である。

尋常な用件ではない可能性がある。綺翠は傍らに置いておいた白鞘《しろざや》小太刀を片手に居間を出て行く。空洞淵たちも顔を見合わせてから、食事を中断して綺翠の後を追う。

玄関を出てすぐのところに、その人物はひっそりと佇《たたず》んでいた。

「御巫様。森に吸血鬼が出ました」

メイド服に身を包み、背中に巨大な鉞《まさかり》を背負った赤髪の少女。賢者の従者、紅葉《もみじ》だった。紅葉は後から現れた空洞淵たちに目もくれず、機械のように淡々と告げた。

「目撃証言から、〈始まりの吸血鬼〉に間違いないかと」

「――そう」

とても冷たい声で、綺翠は答えた。わずかなその一言だけで、綺翠がこれから何をしようとしているのかわかってしまう。

彼女は、祓うつもりなのだ。何度も挑み、そして逃してきた因縁の相手を。

くるりと振り返り、綺翠はいつもどおりの調子で言う。

「私は少し出てくるわ。穂澄、食事の途中だけどごめんなさい。私の分は後で食べるからそのままにしておいて。もしかしたら帰りが遅くなるかもしれないから、しっかり戸締まりをして先に寝ていてね。特に外は危険だから、絶対に出ちゃ駄目よ」

「わ、わかったよ！　お姉ちゃんも気をつけて！」

慣れたことなのか、突然の姉の外出にも穂澄は気丈に応じる。ただしその瞳にはどうしようもなく不安の光が揺れていた。

綺翠は、わずかに表情を和らげた。

「心配しないで。お姉ちゃん、街では最強なんだから。空洞淵くん、穂澄のこと頼んだわよ」

「……うん。綺翠も、無茶だけはしないように」

空洞淵の忠告をどの程度真に受けたのかまではわからないが、一度頷き、巫女は賢者の従者とともに闇の中へ消えていった。

あとにはいつもの静かな夜だけが残される。

不安な面持ちで、姉の消えた先を見つめていた穂澄だったが、気持ちを切り替えるためにか、パンと顔を両手で叩いてから笑顔に戻る。

「夜は冷えるね！　さ、お兄ちゃん！　私たちは晩ご飯の続きにしようか！」

しかし、空洞淵は動かない。頭の中では、必死に計算を続けている。

状況が変わった。想定よりも早く事態は進展しているようだ。すべてを内々で片付けることはもはや難しい。ならば、唯一真相を知る者として、空洞淵が取るべき最善の行動とは何か――。

判断は一瞬。空洞淵は勢いよく穂澄に頭を下げる。

「ごめん。ちょっと店に忘れ物してきちゃったみたいなんだ。これからひとっ走り取りに行ってくるよ」

「ええっ⁉　突然どうしたの⁉」

目を剝《む》いて驚く穂澄。空洞淵は一方的に早口で捲《まく》し立てる。

「すぐ帰ってくるから、穂澄は待っててね。綺翠が急に戻ったとき、誰もいなかったら心配すると思うから。なに、大丈夫。店なんて走ればすぐだし、森の外れだから吸血鬼に襲われる心配もない。それじゃあ、善は急げということで行ってきます」

「あ、ちょっとお兄ちゃん！」

穂澄の制止を振り切って、空洞淵も夜の闇に身を躍らせる。

すべての決着をつけるために。

そして、今も苦しんでいるあの子を助けるために――。

## 4

神社の長い階段を駆け下りた空洞淵は、薬処へは向かわず、迷うことなく森の中へ飛び込む。

急がなければ、何も知らない綺翠たち祓い屋によってあっさり祓われてしまうかもしれない。

もちろん騒動の解決という意味では、それで特に問題にはならない。しかし、それでは駄目なのだ。

本来であれば、綺翠に同行させてもらうのがベストだったのだが、一緒だとまた逃げられてしまう可能性が高かったのだから仕方がない。

闇に包まれた森を、空洞淵は独り駆ける。

虫も動物も、今はなりを潜めている。本来の森の住民でさえ、突然現れた〈怪異の王〉は恐ろしいのだろう。不要な怒りに触れぬよう、息を殺してじっとしているようだ。

空洞淵もできることなら、そちら側の存在でありたい。彼は元々、厄介事に首を突っ込むタイプではなく、むしろ日々を植物のように穏やかに過ごしたいと常々思っているような人間だ。

だから今の状況ははっきり言って怖いし、逃げられるものなら逃げ出してしまいたい。

「――でも」

それでも――。

すべてを丸く収めるためには、こうするしかなかったから。

震え上がるほどの恐怖からは目を逸らし、空洞淵はひたすらに足を動かす。

いつしか空洞淵は、どこか見覚えのある空間に立っていた。

そこは、最初に〈幽世〉へ迷い込んだ場所だった。

空を仰ぐと、背の高い木々に切り取られるようにして、虚空《こくう》に浮かぶ月が見えた。

夜の王の、淫靡《いんび》な笑みのように歪《いびつ》な三日月が、冷然と空洞淵を見下ろしている。

そこでふと、白銀《しろがね》の愚者の言葉を思い出す。

――あなたをお連れしましょう。生きるも死ぬも己次第……忌み嫌われこの世から排斥された鬼たちの住まう国へ。

改めて、空洞淵は思う。

あれは、誇張でも何でもなく、徹頭徹尾ただの事実なのだと。

空洞淵は今、自らの意思で、死地に立っている。

生きるも死ぬも己次第。

自分の望む結末を得るためには、命を張るしかない。

そのとき、さあ、と一陣の風が吹いた。

夜露をはらんだ、冷たい風。

一瞬だけ目を伏せ、再び視線を戻した先に――まるで初めからそこに居たかのように、それは立っていた。

顔の上半分を鬼の面で覆《おお》い隠した、着物の女性。

月明かりを反射する白髪と、口から覗く立派な犬歯は、一度見たら決して忘れない。

それは紛れもなく、あの日会った、〈始まりの吸血鬼〉だった。

目の前の、圧倒的な存在感を放つ吸血鬼に、空洞淵は遅まきながらも怖れを抱く。

先ほど、綺翠は言っていた。空洞淵は、怪異の好む匂いを放つと。

だから、空洞淵が単身で森の中に入れば、あのときと同じように〈始まりの吸血鬼〉

をおびき出せると考えたのだ。そしてその仮定は、現実のものとなっている。

お互い静止し、様子を窺い合ったのは一瞬。

吸血鬼は、空洞淵を取るに足らない存在だと見なしたようで、一足飛びに襲い掛かってきた。勢いを付け、振るわれる鋭い爪《つめ》。

以前見たときと同じであれば、ギリギリ躱《かわ》せたはずの一撃。

しかし、以前よりも吸血鬼の動作は、明らかに素早くなっていた。怪異としての深化が進んだのだろうか——などと、生と死の狭間《はざま》でスローモーションになった視界をどこか他人事のように眺める。

やがてその鋭利な爪が空洞淵に届きそうになった次の瞬間、不可視の何かが二人の間を遮り、吸血鬼だけを一方的にはね除《の》けた。

何が起こったのか。空洞淵自身もよくわかっていない。そのときひらひらと紙切れのようなものが地面に落ちた。吸血鬼に意識を向けながらも、ちらりと足下の紙切れを見やる。所々がすり切れた細長い紙が落ちていた。

すぐにそれが、綺翠から渡されていた護符なのだと気づく。

どうやら懐《ふところ》に仕舞っておいた護符が、自動的に空洞淵を吸血鬼の一撃から守ってくれたらしい。霊験あらたかで御利益《りやく》があるという話だったが、なるほど効果は絶大だ。

さしもの吸血鬼もこの展開は予想していなかったようで、困惑したように一度空洞淵から距離を取るが、それでも空洞淵の発する怪異好みの匂いには抗《あらが》えなかったようで、今度は爪ではなく体当たりの要領で突撃してきた。

護符のダメージがあるのか、先ほどよりも目に見えて動きは遅い。これならば余裕で躱せそうだったが、それでも空洞淵はあえてそれを受け、そのまま地面に押し倒される。

あのときと同じく、馬乗りの姿勢で空洞淵は動きを封じられた。だが、座してこのまま血を吸われるつもりでここに来たわけではない。

「玲衣子さん。聞こえてるかな。薬師の空洞淵霧瑚です」

穏やかに、空洞淵は鬼の面を被った少女に語りかける。先ほどまでは、意思を持たない獣のような挙動をしていたはずの吸血鬼が、ピタリと動きを止めた。

至近距離で見つめ合う。面の奥の瞳に、微《かす》かに光が戻ったような気がした。

「玲衣子さん。僕はきみを救いに来た。だが、そのためには、きみは自覚をしなければならない。自分が〈始まりの吸血鬼〉なのだ、と。そして、これは決して夢などではないのだ、と」

「う……あ……」

先ほどまで薄い笑みを浮かべていた赤い唇から、苦悶《くもん》の声が漏れた。空洞淵の声は、玲衣子に届いているようだ。この先の時間は、彼女にとってつらく苦しいものになるかもしれないが……今は、大団円を信じて突き進むしかない。

空洞淵は、あえて感情を排した口調で淡々と続ける。

「普段は人間のきみが、いったい何故、〈始まりの吸血鬼〉となったのか。その答えは、きみが処方された頓服薬の阿片だ。きみは、阿片の効果が出ているときだけ、〈始まりの吸血鬼〉となっていたんだよ」

吸血鬼は何も答えない。ただ、何かを堪えるように歯を食いしばり、ジッと空洞淵を見つめていた。

「一部の修行僧は、過酷な修行の末に、自己改変を行うことがあるらしい。おそらく、ある種のトランス状態によってもたらされるのだろう。そしてきみはそれを、阿片の効果によって擬似的に再現し、一時的な自己改変を行っていたんだ。本当に自分が成りたかったものになるために」

シャーマンなどの霊能力者は、神や精霊との交信を行うために、幻覚作用のある植物を摂取することがある。偶然か、あるいは必然か、玲衣子はそれと同様のことを行っていたのだ。

「では、どうしてその成りたかった姿が吸血鬼なのか。もちろん、身体の弱いきみが、強い存在として吸血鬼を想像したことは理由の一つだろう。でも、大部分はそうじゃない。今のきみが、世間の吸血鬼像と一致したのは、あくまでも偶然なんだ」

そう。それが、この謎をわかりにくくしていた最大の誤解。

〈始まりの吸血鬼〉もまた、吸血鬼ではないのだ。

この存在の認識を、まったく別のものとして再構成する。それが、理解への第一歩だ。

玲衣子がもう少し空洞淵の話に耳を傾けられるようになるまで、わざと遠回しに会話を続ける。

「さて、〈始まりの吸血鬼〉の本質に迫るまえに、改めて一連の騒動を振り返ってみようか。それこそ——この騒動の本当の〈始まり〉にね」

あえて余裕を見せながら、語り始める。

「あるとき『吸血鬼が現れる』という噂が突然立った。最初、僕はこれをおもしろいを起因としたポルフィリン症の罹患者《りかんしゃ》であると考えたんだけど……冷静に考えると少しおかしい。何故なら、ポルフィリン症の罹患者であれば、吸血鬼の代表的な特徴である吸血衝動を持ち得ないからだ。血色の不良や光過敏症、あるいはにんにく摂取による寛解などの吸血鬼的特徴はあれど、肝心の吸血衝動を持たない存在を吸血鬼と呼ぶことはできない。しかし、人々の認知の上では、それは間違いなく吸血鬼として取り扱われていたし、何より実際に襲われて血を吸われた被害者もいた。だから、確かに〈始まりの吸血鬼〉は存在したんだ。ポルフィリン症とは無関係な、全く別の要因から発生した何かが」

玲衣子は、馬乗りの姿勢のまま、言葉にならないうめき声を上げる。苦しみながらも空洞淵の言葉に耳を傾けようとしてくれているのだろう。強い子だ、と思う。

「では、この〈始まりの吸血鬼〉は如何にして発生したのか。これがずっと疑問だった。何故ならば、本来この〈幽世〉において、〈吸血鬼〉という怪異は、ほとんど過去の存在という扱いを受けていたからだ。数十年まえまでは、恐るべき怪異として人々を恐怖に陥《おとしい》れていたらしいけど、〈国生みの賢者〉にそれが退治されて以降は、草双紙を中心として語られる、ある種の擬似的な仮想存在として認識されていた。本物の吸血鬼が力を失い、そして新たな〈根源怪異〉が〈幽世〉では生まれない以上、それは当然の成り行きだ。だから、吸血鬼にまつわる〈感染怪異〉が生まれるためには、当時の恐怖を思い出させるような体験が必要だ。たとえば——何かに襲われ、血を吸われる、というような鮮烈な体験が」

「うぅ……あっ……」

　苦しげに、玲衣子は歯を食いしばった口元から唾液を零す。反応が少し変わってきたか。空洞淵の言葉が、しっかりと彼女の中へ浸透しているような感触を得る。

「でも、いくら考えても、吸血鬼ではない何かが人を襲って血を吸う、という現象を理解できなかった。論理的に考えれば、その行為は実際に行われているはずなのに、行為の本質的な意味が僕にはまったくわからなかった。僕は悩んで——それで考え方を変えてみることにした。つまり、血を吸うことは結果に過ぎず、目的は別にあったのではないかと」

そろそろ頃合いか。空洞淵は核心に近づいていく。

「そう考えたとき、ある発想が僕の中に浮かんだ。血を吸うことではなく、肌に牙《きば》を立てての合一――つまり、一つの存在となること、それ自体が目的だったのではないか。そう考えたとき、ぼんやりとある可能性が見えてきた。ひょっとしたら〈始まりの吸血鬼〉にとっての吸血行為とは、生殖行為の代償なのではないか、と」

吸血鬼は、吸血行為によって自らと同じ吸血鬼という存在を増やしていく。吸血鬼にとっての吸血行為は、人間でいうところの生殖行為と意味合い的に近いところがある。

そして。

他者との合一――異なる二人の人間が一つの存在となる、というのは、生殖行為によってのみ実現可能な究極の欲求だ。

本来それは、極々当たり前な男女の営みであり、殊更《ことさら》強調的に意識するものではない。だが、身体的な理由によりその〈当たり前〉が叶えられなかったとしたらどうだろう。叶わない願望は、欲求不満というストレスに変換され、少しずつ理性を侵蝕《しんしょく》していく。

今回の〈始まりの吸血鬼〉による被害者は、空洞淵以外全員女性だった。これは偶然ではなく意図的なものと考えるべきだろう。

女性である玲衣子は、あえて女性だけを狙い襲っていた。

何故か。

女性との合一。そして子孫を残すように自分と同じ形質を持った存在を生み出すこと。

それは本来、女性の身体を持つ玲衣子が、同じく同性である女性に対しては、絶対的に不可能な行為のはずだった。

だが。

その不可能が、阿片による自己改変のために可能となった。

では、そもそもどうして玲衣子は、そのような行為を望んだのか。

どうして同性である女性との子孫繁栄を求めたのか。

玲衣子の普段の言動も合わせれば――自ずと答えは見えてくる。

つまり――。


「きみは……性自認が男性なんだね？」


生物的な性と、精神的な性の不一致。

そして、そのような人間に対する周囲の不理解が、すべての引き金となったのだ。

「ぐぅ……ああ……っ！」

面の奥から、一筋の涙が流れた。

それがこの少女の——否《いな》、少年の苦しみの正体だった。

「昼間、きみのお屋敷で、脈を診させてもらったよね。あのときに少し引っ掛かったんだ。左右ともに脈は弱かったけど、左の脈のほうが少しだけ強かった。脈診は身体の陰陽のバランス——つまり均衡を診る。このとき陰陽論を活用して、様々な概念を陰と陽の二つに分けて考える。たとえば、右は陰で左は陽、女性は陰で男性は陽、というふうにね。だから本来女性の場合、左右で比較した際、右の脈のほうが強くなることが多い。でもきみの場合は、左の脈のほうが少しだけ強かった。だからきみは陰陽の均衡を診たとき、陽の気——つまり男性の気のほうが優勢ということになる。もちろん人によって差が激しいことだし、あくまで陰陽論という哲学の中でのことでしかないけど、それがこの結論を導くヒントになったのは紛れもない事実だ」

脈診のときの引っ掛かりが、思考の飛躍を可能とした。あの気づきがなければ、これほど早く真実に到達することはなかったかもしれない。

玲衣子を、救えなかったかもしれない。

「きみは、日光に弱い身体として生まれてしまったことよりも、女の身体を持ちながら、男として覚醒《かくせい》してしまったことを、ずっとずっと悩んでいたんだね。特にきみの家は、国でも有数の名家だ。老いた優しい父のためにも、そう遠くない将来、婿《むこ》を取り、子を産み、六道の家を継いでいかなければならない。だが、その運命が、きみにはどうしても受け入れられなかった。その激しい精神の負荷が、肉体と精神の不一致が、警告としてきみの身体に耐えがたいほどの痛みを与えていた。そしてそんな鬱屈した日々からの逃避により……きみは怪異となってしまった。普通の男性と同じように、女性と結ばれ、子を成したいという願望が——人々の認知と複雑に絡《から》み合い、きみを〈始まりの吸血鬼〉にしてしまったんだ」

真相は、ささやかな祈りにも似た心の叫び。

不憫《ふびん》に思う。だが、それでも全面的に肯定できるものではない。

「だからこそ、きみは自覚をしなければならない。きみは〈始まりの吸血鬼〉となり、願望のまま、街で平和に暮らしていた少女を襲った。もちろん、きみは阿片の効果で酩《めい》酊《てい》し、正しい判断ができない状態だったのだろう。でも、きみに襲われた少女たちがとても怖い思いをしたことに変わりはない。〈感染怪異〉も祓われて今は全員が元気にやっているけれども、それだけは紛れもなくきみの罪だ。その罪の意識を自覚させないまま、きみの怪異を祓わせるわけにはいかなかった。怪異である今の状態のきみに自覚を持たせて初めて、きみは本当の意味で自分の罪と向き合い、前へ進んでいけるはずだから」

「うぅ……あぁ……せ、んせ、い……」

面の下から、止めどなく涙が溢れ出る。

空洞淵はそっと面を外してやる。

面の下で玲衣子は、子どものように泣きじゃくっていた。

朦朧《もうろう》とした意識の中で、それでも自らの罪を自覚することができる強い心を持った少年だ。

空洞淵は、そっとその華奢《きゃしゃ》な身体を抱き締める。

「せんせ、い……。俺……ずっと身体が、痛いんだ……」

「……うん」胸が締めつけられる思いで頷く。

「親父が……可愛い服を、着せるんだ……。それを着てやると、堪《たま》らなく嬉しそうな顔をするんだ……」

「……うん」

「可愛い人形を、買ってくることもあった……。それで遊んでやると、親父はまた、すごく幸せそうな顔をするんだ……」

「優しい、お父さんだね」

「親父のことは好きだし……尊敬もしてる……。でも俺は……女の子みたいに扱われるのが、ずっとずっとつらかった……。親父を喜ばせるために、心配させないために我慢して……そのあと何度も吐いたんだ……。俺は……親父に愛されるような子どもじゃない……」

「きみのその優しさが、罪悪感からの自己嫌悪《けんお》に向いてしまったんだね。そして自分を責める意思は、やがて実質的な〈痛み〉として現れるようになった」

「頭が痛い……胸が痛い……腕が痛い……腹が痛い……腰が痛い……足が痛い……。いつもどこか痛いんだ……。どうして俺は、俺の身体は、男じゃないんだよ……。発作が起こったときは、布団《ふとん》の中でいつも……身体中の痛みを耐えながら泣いてたんだ……。でも……燈先生と出会って、燈先生の薬を飲んだとき……不思議とその痛みが和らいだんだ……。俺は……確かに、救われたんだよ……」

「……うん。何年もの間、不条理に苦しんでいたきみにとって、それは紛れもない救済だった。でも、だからこそ、その結果にも向き合わないといけない」

止めどなく溢れる涙が、空洞淵の着物をしとどに濡らす。

「俺の救いが……誰かを不幸にしてたのは……嫌だ。でも……なら俺は、どうすれば良いんだ……？　男でもなく、女でもなく……生まれたときから身体が弱くて、日にもろくに当たれない……。これまで何も悪いことはしてなかったはずなのに……身悶《みもだ》えするほど身体が痛いんだ……。でも、俺がこの痛みから逃げると、誰かが不幸になるんだ……。そんなのって、あんまりだろ……。なあ……先生……。どうして俺だけが、こんなつらい目に遭わないといけないんだろう……」

医療従事者としてそれなりの経験を積んできた空洞淵は、これまでたくさんの患者と接してきた。がん、先天性疾患、膠原《こうげん》病、脳血管疾患、虚血性心疾患、肺炎――。

数多《あまた》の疾病で苦しむ患者は、皆一様にそれを訴えた。

何故、自分だけがこんな目に――。

その素朴な疑問に、空洞淵は一度としてまともに答えられたことがない。

痛みや嘔気《おうき》、不自由に苦しみ、日々やつれていく彼らを前にして、空洞淵はどうしようもなく無力だった。

医療とはいったい何なのか――。

「……ごめん。僕には、まだその答えが見つかってないんだ」

その場しのぎの、美辞麗句で誤魔化すのではなく、誠意を持って答える。

「ずっと、その疑問の答えを探してるんだ。どうして特定の誰かだけが、病気で苦しむことになるんだろうって。どうして僕らの医療は、全員を平等に救えないんだろうって。でも、医療は何百年、何千年、そんな途方もない規模で連綿と続く人類の叡智《えいち》の結晶なんだ。それで救われる人は、年々確実に増えている。医療の未来には、明るさしかない。だから――きみの苦しみも、数年後、あるいは数十年後には癒えるかもしれない。確約はできないけど……少しでも医療が発展するように、微力ながら僕も全力を尽くして医療に向き合っていくから――。きみも、精一杯生きてほしい。それが、今きみに伝えられる僕のすべてだ」

「……わかんない……俺、わかんないよ、先生……」

泣きじゃくり、震える肩を一際《ひときわ》強く抱き締める。

少しでもこの子が、勇気を持って誇り高く生きられるように――。

しばしの沈黙。夜の森に、悲しい嗚咽《おえつ》だけが浸透する。

「――まったく。無茶をしてくれるわね、空洞淵くん」

不意に聞き慣れた声が響く。驚いて振り返ると――すぐ側《そば》に綺翠が立っていた。どうやら彼女は、ずっと様子を窺っていたみたいだ。

「……僕が何かしでかすって、わかってたのかい？」

「あまり私を甘く見ないことね」綺翠は口元を歪めた。「あなた、自分で思っているよりもずっと考えていることが顔に出るんだから。詳しいことはわからなかったけれども、また危険なことをしようとしていることくらいは、お見通しよ」

つくづくこの女性には敵《かな》わないなと、空洞淵は苦笑した。綺翠はゆっくりと歩み寄る。

「もう、危険はないのね」

空洞淵は、穏やかに告げた。

「うん。この子は逃げも隠れもしないよ。ちゃんと反省もしてる。だから、この子に憑いた怪異を祓ってあげてくれないかな。それで――すべて片が付く」

綺翠は、切なげな色に瞳を揺らしながら空洞淵を見つめた。

「……お願いだから、もうこんな無茶はしないで。私はもう、完全にあなたのことを信用しているわ。この間のように、あなたの言葉に僅かでも疑問を抱くことは二度とない。だから……あなたも私のことを信用して頂戴《ちょうだい》。何かしたいことがあるのならきちんと相談して。私は――あなたの相棒よ。だから、一人で無茶なことはもう……やめて」

懇願するような綺翠の言葉。どこか不安げな面持ちで告げる彼女を見て、空洞淵も自らの軽率を反省する。

「……ごめんなさい。もうしません」

「いいわ、許してあげる」

綺翠は、急に晴れやかな笑みを浮かべた。

「でも、空洞淵くん。私、穂澄をよろしくって言ったわよね？　あなたが今ここにいるということは、私との約束を破ったということで良いのよね？　帰ったらお説教だから、そのつもりでいなさい。朝までお酒に付き合わせてやるんだから」

楽しげにそう並べ立ててから、祝詞《のりと》を口にして綺翠は小太刀を抜いた。

夜の闇にあっても、ギラリと鋭利に光を放つ刀身。

ほとんど無造作に、綺翠は小太刀を振るう。

不可視の何かが揺らぎ、天へ立ち上るように消えていく。

おそらくこれで、お祓いは完了したのだろう。

腕の中の華奢な存在は、小さく震えながら嗚咽を零す。

「先生……俺、ずっと誰かにわかってほしかったんだ……」

空洞淵は、ああ、と今さらながらに気づく。

この子は、少女であり少年でもある以前に——まだ子どもなのだ。

子どもは、大人が守ってやらなければならない。

空洞淵は、そっと新雪のように白い頭を撫《な》でる。

大人として、空洞淵にできることは何かあるだろうか。

今はまだ何も思いつかないけれども。

少しでもこの子や、あるいはこの世界のどこかのまだ見ぬ、似たような心と身体の不一致を抱える人たちのために、できることをやっていこうと。

そう誓ったのだった。

歪な三日月が、空洞淵たちを見守っていた。

# エピローグ

空洞淵霧瑚《うろぶちきりこ》は、畳の上に寝そべって天井を眺めていた。

天井の染《し》みが、馬頭星雲に似ていたからだ。

子どもの頃、祖父に買ってもらった図鑑には、美しい星々の写真がたくさん掲載されており、空洞淵はそれに魅了された。当時は日がな一日眺めて、宇宙への思慕を募らせていたものだ。

そして大人になったら宇宙飛行士になって、図鑑に載っている星々を実際にこの目に焼き付けるのだと固く信じていた。

ところが蓋《ふた》を開けてみれば、祖父の跡を継いで漢方家となり、おまけに今は宇宙どころか別の世界へと飛ばされているのだから、人生わからないものだ。

もしかしたら、何かの間違いでこの後宇宙に行くこともあるかもしれない。

もっとも、視力が悪く、また乗り物酔いも酷《ひど》い空洞淵が宇宙に行ける見込みなどほぼゼロに等しいのだけれども。

半ば逃避に近い思考を打ち切り、空洞淵は身体《からだ》を起こす。

今はまだ薬処《くすりどころ》の掃除の途中だ。あまりのんびりやっていたら日が暮れてしまう。

立ち上がって、梁《はり》の上の埃《ほこり》を落としながら、空洞淵はこの一週間ばかりのことを振り返る。

先の〈始まりの吸血鬼〉が無事に祓《はら》われてから、一週間が経過していた。

この頃は、ようやく新規の吸血鬼〈感染怪異〉も出ることなく、街を襲った前代未聞《みもん》のパンデミックは、見事に収束したようだ。

街の人々からは不安や怯《おび》えが消え、これからはまた、今まで以上に賑《にぎ》やかな盛り上がりを見せていくことだろう。

騒動を鎮《しず》めた張本人として、空洞淵はすっかり街の有名人になってしまったため、どうにも街へ行きづらくなってしまい、自分の目でその後の街の様子を見たわけではないのだけれども。

あの後——空洞淵は泣きじゃくる玲衣子《れいこ》を宥《なだ》めながら六道《りくどう》家へと送り、当主である緑郎氏に事情を説明した。玲衣子のためにも、まずは親の理解が必要だと考えたからだ。

事情が事情だけに、理解してもらうのには時間が掛かったが、それでも一応は納得してくれたようだった。完全に理解してもらうのにはまだ時間が掛かるだろうけれども、少しでも前へ進んでいるようで、空洞淵は安心した。

またこれからは、心と身体の不一致に悩む人がいることを一般の人々にも周知させていかなければならないが、なかなか先は長く厳しそうだ。でも、金糸雀《カナリヤ》や綺翠《きすい》の協力があれば、決して不可能なことではないと思う。

誰もが当たり前に幸せを享受《きょうじゅ》できる時代が来ることを、祈って止《や》まない。

ぼんやりとそんなことを考えていたところで、外から戸を叩《たた》かれた。

表には本日定休の札を掛けておいたはずだが……何事だろうか。

もしかしたら吸血鬼騒動も収束し、暇を持て余した朱雀院《すざくいん》か釈迦堂《しゃかどう》が遊びに来たのかもしれない。ちょうど良い、掃除を手伝わせようと空洞淵は戸を開ける。

予想が外れ、そこには小柄な少年が立っていた。

患者さんだろうか。見覚えがない。

襟足で乱雑に黒髪を切り揃《そろ》えた、愛らしい顔立ちの少年だ。

「えっと……ごめんなさい。今日はお休みで、おまけに今は大掃除中で散らかってて……。急患なら診ますけど、どうします？」

当たり障《さわ》りのない空洞淵の応対。すると少年はいきなり笑い出した。

「あはは、そうだよな。いきなりじゃわからないよな。俺だよ、俺」

聞き覚えのある、声変わりまえのそれに、空洞淵は首を傾《かし》げる。

いったいどこの誰だったろうか、と頭を捻《ひね》り、そしてようやくその答えに至る。

「――ひょっとして、玲衣子さん？」

「大正解」

少年は、ピースサインをしながら笑みを浮かべた。事実確認をしたところで、にわかには信じられなかった。

あの儚《はかな》く、今にも消えてしまいそうな印象の白髪は、今は黒々と生い茂り、幽霊のようだった乳白色の肌には、血の気が差して力強い生命力を漲《みなぎ》らせている。

正直、わけがわからなかった。

「まあ、その反応も正しいよ。かくいう俺自身、わけがわからなかったからな。ちなみに今は、名前から子を取って、玲衣と名乗ってる。親父《おやじ》殿も了承済みだ」

それから玲衣子――改め玲衣は、自分の身に起こったことを語った。

あの騒動以降、急に髪が黒くなり、肌に色味が付いてきたらしい。おまけに、外を歩いても、それまでのような火傷《やけど》に近い日焼けを負うこともなくなり、こうして普通に外出できるようになったという。

釈迦堂曰《いわ》く、街で上演されていた『白髪鬼』の影響で、〈始まりの吸血鬼〉と『白髪鬼』の繫《つな》がりが強固になり、綺翠が〈始まりの吸血鬼〉を祓ったことで、白髪や白い肌といった『白髪鬼』としての特徴がともに解消されたのではないか、とのことらしい。

言われてみれば、〈感染怪異〉が、人を人ならざるものに現実改変を行うのだとしたら、それを祓うことは、人ならざるものを人へと戻すという現実改変を行っているに等しい。

　ならばその過程で、本来あり得べからざる事象が発生することもあるのだろう。

あまり納得はできなかったが、空洞淵はこの〈幽世《かくりよ》〉に来てからというもの非常識な出来事ばかりに遭遇していたので、その程度のことは素直に許容できるくらいには、感覚がすっかり麻痺《まひ》してしまっているのだった。

　いずれにせよ、玲衣の身体上の問題が一つ解決してしまったのは、嬉《うれ》しい誤算だ。

「俺さ、出家しようと思うんだよね。寺で修行して、一人前の人間になって、それで俺みたいに悩んでる人を助けるために、説法して回るんだ」

「立派な目標ができたじゃないか」

　しっかりと前を向いているようで、空洞淵は嬉しくなる。

「俺が襲った子たちの家にも、ちゃんと謝りに行ったよ。優しく許してくれたり、蛇蝎《だかつ》の如く追い払われたり、色々だった。そういうの、屋敷に籠《こ》もってるときには全然なかったから……すごく勉強になる」

「仏の道も、人の道も、まずは他者との関係性からだからね。僕で良ければ、いつでも練習台になるよ」

「ははっ、先生はどちらかというと人付き合いが苦手そうだな」

玲衣はまた快活に笑った。

こうしていると、本当にどこにでもいる年頃の少年のようだ。その自然さが、空洞淵にも心地良い。

「それにしても、今さら大掃除なんてどうしたんだい？　大晦日《おおみそか》にはまだ早いぜ」

「いや、そろそろ本格的に薬処をやろうと思ってね」空洞淵は答える。「これまでは、取り急ぎ大量の処方を作る必要があったから他のことにはほとんど手が回らなかったけど、これからはもっと色々な患者さんを診ていきたいからね。そのための大掃除さ」

ははあ、なるほどと玲衣は顎《あご》を撫《な》でる。

「しかし、一人でやるにはさすがに大変なんじゃないか？　神社の巫女《みこ》さんたちは、手伝ってくれなかったのかい？」

「二人とも用事を済ませてから、こっちを手伝ってくれることになってるよ」

「妹のほうも来るのか。見たことないけど、どんな感じなんだ？　可愛《かわい》い？」

「うん、可愛い。すごく可愛い」

「マジかよ。手ぇ出して良い？」

「駄目」

「即答かよ。過保護が過ぎるんじゃないか？」

玲衣はまた快活に笑った。さすがに冗談のようだが、空洞淵としては、まだしばらく穂澄《ほずみ》には大人の階段を上らないでいてもらいたいと願っているので、ここは心を鬼にしなければならない。過保護と言われようと、譲れないものはあるのである。

「それじゃあ、長居は無用だな。挨拶《あいさつ》に来ただけだからさ、俺はもう帰るよ。掃除の邪魔して悪かったね」

「邪魔なんてしてないから気にしなくて良いよ。それに、元気な姿を見られて僕も嬉しかったよ」

「先生は恩人だからな。これからもよろしく頼むぜ」

威勢の良い笑みを残して、玲衣は去って行った。

出家するにしても、他の道を進むにしても、これまで多くの苦労を抱え込んできたあの子の道に幸多からんことを——と。

空洞淵は心の底から願った。


玲衣が去って少し経《た》ったところで穂澄が到着し、その後に案の定朱雀院と釈迦堂の二人も現れた。例によって暇を持て余しているようだったので、これ幸いと掃除を手伝わせる。ものすごく嫌そうだった二人も、このあと穂澄がご馳走《ちそう》を作ってくれるという話をしたら、率先して手伝ってくれた。どうやら穂澄の料理上手は、街でも有名らしい。

「お兄ちゃん、もう街でお友だちできてたんだね。お兄ちゃんが〈幽世〉に馴染《なじ》んでくれて嬉しいよ！　朱雀院さんは顔が怖いけど実は優しいし、釈迦堂さんはお金に汚いけど実は優しいから、安心して仲良くしてね！」

「おい、嬢ちゃん！　確かに俺は顔が怖くて優しいかもしれないが、この生臭坊主《ぼうず》はただ金に汚いだけで優しくないだろ！　俺はおまえさんのその底抜けの純粋さが心配でならねえよ！　いつか絶対悪い男に騙《だま》されるぞ！」

「おやおや、これは祓魔《ふつま》師殿、異なことをおっしゃる。妹巫女殿は、その慧眼《けいがん》で私の隠された優しさを見抜いておられるだけですよ。ただまあ、確かにその白無垢《むく》のようなお人柄は、悪い男につけ込まれそうではありますな。どれ、今度街で妹巫女殿に粉を掛けようとする不埒《ふらち》な輩《やから》を見掛けたら、見せしめに焼きを入れてやりましょうか」

「その発想がすでに優しさの欠片《かけら》もねえよ！」

「あはは、気持ちだけで十分だよ」穂澄は冗談だと思ったのか快活に笑う。「悪い人に騙されそう、ってお姉ちゃんや金糸雀にもよく言われるよ。もし私に悪いことしようとする人がいたら絶対に許さない、って」

『…………』

男三人は思わず黙り込む。忘れがちだが、このお人好しの少女は、国の最高戦力二名の庇護《ひご》を一身に受けているのだった。その事実だけで、空洞淵たちが何か手を回す必要すらないほどの抑止力になっている。

ならば――あれこれと気を揉《も》むこともないのかもしれない。

それから四人は、まず薬処の外側の掃除を始める。長身の朱雀院と釈迦堂がいたため、高いところの清掃に有利だと判断したのだ。

嫌々ながらも、穂澄の料理目当てに頑張って作業を続けてくれた雑用二名のおかげもあり、想定よりもかなり早く外観清掃の大半は終了した。

残すところは、蔦《つた》が生い茂りまともに読むことができない看板の掃除だけだ。

空洞淵は、組み体操の要領で、大男二人の肩に立ち、玄関上の看板を綺麗にしていく。

「おい空洞の字！　どっかからはしご持ってくるのでも良かったんじゃねえか⁉　何が悲しくて、生臭坊主と密着して肩を抱き合いながら、その上におまえさんを載せないといけねえんだ！」

「はは、それはこちらの台詞《せりふ》ですよ、祓魔師殿。私だって好き好んで煙草《たばこ》臭いあなたと肩など組みたくないのですから。旦那《だんな》、頼みますから早めに終わらせてください」

下の二人が何かを言い合っているが、空洞淵はすべて無視して看板に絡《から》みつく蔦を引き剝《は》がしていく。

そしてようやくすべての草を取り去り、きつく絞った雑巾《ぞうきん》で表面の泥汚れを落とし、掃除は完了した。

足場になってくれた二人に礼を述べて、空洞淵は看板を見上げ、達筆すぎて至近距離ではよくわからなかったその屋号を改めて見る。

「——そんな、馬鹿《ばか》な」

目の前の光景が信じられず、思わずそんな言葉が口を突いて出る。

「どうした、空洞の字？ そんな惚《ほう》けた顔して」

不思議そうに問う朱雀院だったが、綺麗になった看板を改めて見上げて言った。

「——伽藍堂。なかなか様になってるじゃねえか」

そう。

看板に描かれていた薬処の屋号は——伽藍堂《がらんどう》。

それは紛れもなく、空洞淵の家が代々引き継いできた漢方の屋号に他ならない。

いったい何故《なぜ》、何がどうまかり間違ったら、空洞淵の家と同じ屋号を持つ薬処が、この〈幽世〉に存在しているのか。

偶然か、必然か。

すべては、あの白銀《しろがね》の愚者の企《たくら》みなのか。

空洞淵は、自分が何か恐ろしく巨大な陰謀の中にいるような気がして落ち着かない。

遠くで鳴り響いていたセミの大合唱は、いつしかピタリと止《や》んでいた。

＊

薬処の内部の掃除がまだ残っていたものの、空腹を訴えた朱雀院と釈迦堂に食事を与えるため、穂澄は一旦《いったん》二人を連れて神社へ帰っていった。本来であれば、空洞淵もそれに同行すべきだったのだろうが、どうしても一人になって考えたかったので、穂澄には悪いと思ったが、薬処に残らせてもらった。

掃除もせず、床に座り込んで頭を悩ませるが……答えは何も見えてこない。

伽藍堂――これまで当たり前のように接してきたその屋号には、いったいどのような意味が込められていたのか。そして、奇《く》しくも同じ屋号の薬処を引き継ぐことになった空洞淵は、これからここをどのような薬処にしていけばいいのか。

金糸雀ならば、きっと何かを知っているのだろうけれども……千里眼を持つ〈国生みの賢者〉がこれまで何も語っていないということは、まだ知るべきではないとも取れる。

ならば、空洞淵の今後の〈幽世〉での振る舞いとして最適なものは――。

答えの出ない疑問にいい加減見切りを付けようとしていたところで、

「――遅れてごめんなさい。空洞淵くんだけまだ残って掃除してるって聞いたから手伝いに来たわ」

現れた綺翠は、少し息を切らしていた。走ってきたのかもしれない。乱れた巫女装束の襟元を正し、一瞬で呼吸を整えてから店内へ上がる。すっかりいつもどおりの綺翠を見たら、これまで頭を悩ませていたことが、何だかどうでもいいことのように思えて空洞淵は苦笑してしまう。

「……なに、その顔は。私、どこか変？」

「全然変じゃないよ。相変わらず巫女装束がよく似合うなって思って」

「——そう？　別に褒められても嬉しくないけど……あ、護符いる？」

「……まだ予備があるから大丈夫だよ」

あの特製護符は、一つ作るのにものすごく労力が掛かるのではなかったのか。それをちょっと褒められたくらいでほいほい渡してはいけない気がするのだが……。穂澄と同様、この姉も意外と天然なところがあるので、悪い男にコロッと騙されないか不安になる。空洞淵に何ができるというわけではないが、できる限り綺翠のことは気に掛けておこうと心に決める。

それから綺翠は、掃除を手伝うためか、巫女装束の袖《そで》をたすき掛けでまとめ、長い髪を高い位置に結った。それだけで印象がだいぶ変わる。

「どうしたの？　やっぱり私の顔に何か付いてる？」

「なんか若く見えるね」

「——それはつまり、普段は老《ふ》けて見えると？」

言葉の選択を誤ったらしい。綺翠はまた殺伐とした視線を向けてくる。珍しく空洞淵は慌《あわ》てて否定する。

「いや、そうじゃなくて……。その、普段は大人っぽいというか落ち着いた印象だから、そうして髪を上げるだけで、活発な幼い印象になるなと思って」

「……それは空洞淵くんにとって好ましいことなの？」

「好ましい……まあ、そうだね。綺翠の違う一面を知ることができたのは嬉しいかな」

綺翠は照れたように一度俯《うつむ》き、それから少し言いにくそうに上目遣いで問う。

「……可愛い？」

「可愛い？　うん、可愛いよ。すごく可愛い」

「――そう。それは、良かったわ」

いつもは白い綺翠の頬が、僅《わず》かに朱に染まっている。その様子が、年頃の少女のようで空洞淵も何だか落ち着かない気持ちになってくる。

「可愛いって、空洞淵くんに初めて言われた」

「え、そうかな？　結構言ってる気がするけど……」

「……穂澄にはね」綺翠は拗《す》ねたように唇を尖《とが》らせた。「確かに私は穂澄みたいに可愛くないけど。でも、たまには穂澄のついでにでも、言ってくれていいと思わない？」

確かにそういえば、穂澄にはかなり頻繁に「可愛い」と言うが、綺翠にはこれまで言ったことがなかったかもしれない。でもそれは、綺翠が可愛くないからではなく——。

「綺翠は、可愛いというよりも綺麗だから。普段はあまり言う機会はないよね」

意外なことでも聞いたように、綺翠は目を丸くする。

「え、空洞淵くん、私のこと綺麗だと思ってくれてるの？」

「それはそうだよ」

「でもあなた、今まで一度もそんなこと言ってくれなかったじゃない」

「僕のいた世界では、年頃の女性に綺麗だと言うと、社会的に死ぬことがあるんだ」

「〈現世《うつしよ》〉って、そんな殺伐としてるの……？」

戸惑ったように顔を引きつらせる綺翠だったが、不意に「——そう」と呟《つぶや》くと、どこか嬉しそうにまた空洞淵の顔を見た。

「あなた、変わってるわ」

「よく言われる。でもそれはお互い様だよ」

「私もよく言われる」

しばし、二人で黙り込むが、すぐにどちらともなく笑みを零《こぼ》す。

「まあ、変わり者同士仲良くやろう。これからも何か気になることがあったら、何でも言ってほしい。自慢じゃないけど、僕は鈍感なんだ」

「知ってる」綺翠は小首を傾げて微笑《ほほえ》んだ。

「私も何か迷惑を掛けてしまうことがあるかもしれないけど、改めてよろしくね。空洞淵くん」

白く、しなやかな手が差し出される。空洞淵は、そっとその手を握った。

いつも落ち着いていて、冷たい印象の綺翠の手は、ほんのりと温かかった。

参考文献

『傷寒雑病論』小曽戸丈夫編　谷口書店
『神道　古神道　大祓祝詞全集』神道・古神道研究会著　弘道出版

本書は新潮文庫のために書き下ろされた。

イラスト　こより
デザイン　川谷康久（川谷デザイン）

---

# 幽世《かくりよ》の薬剤師《やくざいし》

---

新潮文庫　　こ－74－1

令和四年四月一日発行
令和五年一月三十日六刷

著者　紺《こん》野《の》天《てん》龍《りゅう》

発行者　佐藤隆信

発行所　株式会社新潮社

郵便番号　一六二―八七一一
東京都新宿区矢来町七一
電話　編集部（〇三）三二六六―五四四〇
　　　読者係（〇三）三二六六―五一一一
https://www.shinchosha.co.jp

価格はカバーに表示してあります。

乱丁・落丁本は、ご面倒ですが小社読者係宛ご送付ください。送料小社負担にてお取替えいたします。

---

印刷・錦明印刷株式会社　製本・錦明印刷株式会社


---

ISBN978-4-10-180238-1　C0193